KB273223

행복을 여는 아침의 명상

마음의 길동무
행복을 여는 아침의 명상 ⓒ **최복현 2002**

초판 1쇄 발행일	2002년 6월 25일
초판 4쇄 발행일	2003년 1월 3일
지은이	최복현
펴낸이	이정원
펴낸곳	도서출판 들녘미디어
등록일자	1995년 5월 17일
등록번호	10-1162
주소	서울 마포구 합정동 366-2 삼주빌딩 3층
전화	마케팅 02-323-7849 편집 02-323-7366
팩시밀리	02-338-9640
홈페이지	www.ddd21.co.kr

값은 뒤표지에 있습니다. 잘못된 책은 구입하신 곳에서 바꿔드립니다.
ISBN 89-86632-76-4 (03810)

마음의 길동무

행복을 여는 아침의 명상

최복현

들녘미디어

행복한 편지 쓰기

우리는 누구나 행복하게 살고 싶어합니다. 살아가는 동안 별탈 없이 살고 싶고, 좋은 일만 있었으면 하고 바랍니다. 그런 우리의 소박한 바람에도 불구하고 우리에겐 오히려 슬픈 일, 아픈 일들이 더 많은지도 모릅니다.

어느 날 믿었던 사람에게 배신을 당하면 살기가 버거워지고, 잔뜩 기대했던 일들이 뜻하지 않은 복병을 만나 수포로 돌아가버리는 날은 내가 왜 이 세상을 살아야 하는지 절망의 상태에 빠질 때도 있습니다.

하지만 우리는 살아야 합니다. 기왕 살 바엔 기쁜 마음으로, 여유로운 웃음으로 살아야 하지 않을까요!

제가 이번에 책으로 엮게 된 이 글은 편지글로 시작된 것입니다. 이전부터 잘 알고 지냈던 인품이 좋으신 장현조 형이 이메일을 만들어놓았는데, 편지를 보내는 사람이 없다고 했습니다. 그래서 저에게 편지를 써보내라고 했습니다. 그렇게 처음엔 그 형에게 편지를 보내기 시작했는데 글이 좋다나요. 다른 사람들과 돌려보고 있다고 했습니다. 이것이 발단이 되어 전 아침마다 이메일을 보내기 시작했고, 팬들이 늘어나기 시작했습니다.

물론 지금은 제법 많은 이들이 제 글을 받아보고 있고, 쌓인 글도 꽤나 됩니다. 이 책에 실린 글들은 총 100회분입니다.

매일 한 편의 글을 쓰는 습관을 갖는 것은 참 좋은 일인 것 같습니다. 제 글을 읽는 이들도 가급적이면 매일 같은 시간에 읽으면 이 또한 좋은 습관을 만드는 것이 아닐까 생각했습니다.

그리고 책으로 묶여 나오는 이 글들이 읽는 이들의 마음에 잔잔한 파문을 일으켰으면 좋겠습니다. 제가 매일 한 편씩 썼던 것인 만큼 한꺼번에 읽기보다 매일 한 편씩 읽는 것도 좋을 것 같습니다. 또 이 글들이 어떤 연계성을 갖고 있는 것이 아니므로 소제목을 보면서 읽고 싶은 쪽부터 먼저 펼쳐도 좋으리라 생각됩니다.

여러분이 행복했으면 하는 바람에서 보낸 글들이므로 읽는 이들 모두 행복하기를 기도 드립니다.

그동안 이 글을 쓸 수 있도록 용기를 불어넣어주신 저를 사랑하는 독자들, '자네 글을 기다리는 사람이 이젠 많아서 절대로 중단하면 안 돼'라며 늘 격려해주신 장현조 형, DAUM 카페에서 늘 리필을 달아주셨던 이들에게 감사를 드립니다.

그리고 이 글이 책이 되어 나올 수 있게 해준 '훈', 예쁜 책을 만들어주느라 애쓴 들녘출판사의 식구들, 출판을 허락하신 사장님께 감사를 드립니다.

이 책과 관련되어 있는 모든 이들이 행복으로 충만하기를 기도 드립니다.

고맙습니다.

2002년 초여름
최 복 현

차례

우리는 눈으로만 세상을 보려 하기 때문에

중요한 것을 보지 못할 때가 많습니다.

가급적 우리는 마음으로, 느낌으로 세상을 보며 살아야 합니다.

그래야 사람 냄새 나는 세상이 될 테니까요.

001
처음이란 말

아리스토텔레스의 『시학』을 보면 처음, 중간, 끝을 정의해놓고 있습니다. 오늘은 처음이란 말로 시작하겠습니다.

'처음이란 뒤에는 뭔가가 있고 앞에는 뭔가가 없는 것'입니다.

그렇기에 처음이란 말은 무척 중요합니다. 시작이 없는 것은 존재할 수 없기 때문입니다.

오늘의 처음을 맑은 마음으로 시작해요. 어제 내게 아픔을 주었던 사람은 용서하세요. 안 풀렸던 일은 어디서 매듭이 엉켰는지 조용히 생각한 다음 처음부터 다시 시작해요. 그래서 오늘 저녁엔 즐거운 마음으로 저녁을 맞기로 약속해주세요.

출근길에 때를 모르고 시멘트 틈 사이로 비죽 나와 노란 꽃을 피워낸 민들레꽃 한 송이를 보았습니다. 민들레꽃은 왜 하필 그곳에 외로이 피어 있을까요?

좋은 하루 보내십시오.*

시멘트와 민들레꽃

도시의 시멘트 바닥을 보고 있으면 옛 황톳길이 그리워집니다. 질퍽거리지만, 그래서 검정 고무신을 무겁게 만들던 비 오던 날의 추억…….

우리는 시멘트 문화에 익숙해지면서 어느새 인간성을 잃어버리며 살고 있는 것은 아닐까요! 결국 인간이 인간이기를 포기한다면 이 세상은 이미 내적인 종말이 아닐까요! 시멘트 문화가 우리를 삭막하게 만들고 우리 자신의 본질을 망각하게 하는 것은 아닌지 모르겠습니다.

시멘트 틈새를 뚫고 나와 노랗고 예쁘게 핀 민들레꽃 한 송이는 내게 소중한 생각을 가져다주었습니다. 왜 하필이면 그곳에 씨알을 내려 좁은 틈을 비집고 나와야 하는지 애처롭게 느껴집니다.

찾아주는 꿀벌도 나비도 없는 삭막한 도시, 자칫 사람들의 발 밑에 밟힐 수도 있는 곳인데도 민들레는 뿌리를 내리고 예쁜 꽃 한 송이를 내밀고 있습니다.

우리 모두의 처음은 자기 의지대로 시작되지 않았습니다. 하지만 우리는 자신의 의지와 선택대로 살아갈 수 있습니다. 그래서 존재인 것입니다.

시작이 힘겹게 운명지어졌어도 민들레는 모질게, 하지만 아름답게 살아남았습니다. 우리도 과거를 원망하지 말아야 합니다. 지금부터가 중요합니다. 우리의 삶이 꽃을 피우고 열매를 맺느냐는 우리의 의지와 선택에 달려 있습니다. 시멘트 틈새에 피어난 민들레의 노란 꽃을 상상해보십시오. 그리고 왜 꽃은 아름다울까 생각해보십시오. *

003
우리의 삶

아리스토텔레스는 자신의 저서 『시학』에서 중간이란 말을 정의해놓았습니다. '중간이란 앞에 뭔가가 있고 뒤에도 뭔가가 있는 것'이라고.

지금 우리의 상황은 시작일까요, 중간일까요?

우리의 삶은 늘 세 가지가 공존합니다. 시작이 되는 처음, 진행되는 중간, 끝이라는 결과가 동시에 일어납니다.

우리는 단지 순간순간 최선을 다하면 됩니다.*

꽃의 참모습

우리가 보기엔 꽃이 아름다워 보이지만, 사실 꽃은 식물의 생식기입니다. 어떻게 보면 지저분한 것입니다. 그런데 우리는 '아름답다', 혹은 '예쁘다'라며 여자를 꽃에 비유하곤 합니다.

꽃은 다리가 없어 제자리에 뿌리를 박고 움직이지 못합니다. 꽃은 누군가를 유혹해 열매를 맺어야 합니다. 그 수단으로 향기를 갖게 되었을 것입니다. 자신의 생식기로 벌이나 나비가 밀착되게 하려고 아름다운 모습을 갖게 되었을 겁니다.

그래서 꽃은 향기가 있고 아름다운 모습을 갖게 되었습니다.

행복하십시오.

시작과 끝

또 새로운 한 주의 시작입니다. 시작이라는 말은 희망이 느껴집니다. 반면 끝이란 말은 삭막하게 느껴집니다.

그런데 삶의 시작과 끝은 밧줄처럼 이어져 있는지도 모릅니다. 릴레이 경기에서 배턴 터치를 하듯 끝은 또다시 어떤 형태로든 새로운 시작을 가져다주기 때문입니다.

그렇게 우리는 초등학교를 졸업하고 중학교로…… 어디 그뿐입니까. 우리의 삶은 여기서 끝이 아닙니다. 우리에게는 죽음 이후에 더 아름다운 삶이 있을 것입니다.

여기서의 삶보다 더 아름다운 삶이 있다고 믿으며 살아야 합니다. 이 또렷한 정신이 사멸되어 무의 상태로 돌아간다고 생각하십니까?

우리의 정신세계는 영원하고 아름다울 것입니다. 그래서 죽음은 아름다워야 합니다.

아리스토텔레스는 끝을 '앞에는 뭔가가 있고 뒤에는 뭔가가 없는 것'이라고 정의했습니다. 그래서 우리는 시작, 중간, 끝을 알았습니다.

최선의 시작인 행복한 하루 되었으면 좋겠습니다.＊

약속

오늘은 약속에 대해 이야기하겠습니다.

약속이란 늘 우리에게 주어지는 것입니다. 그것이 문서상으로 존재하는 경우도 있지만 그냥 말로만 하는 무형의 약속도 있습니다. 거창하게 다른 약속에 대해선 이야기하지 않겠습니다. 요즘 사람들은 너무 쉽게 약속을 하고, 지키지는 못합니다.

"우리 언제 식사 한번 해요."

"그러죠, 뭐."

"한번 만납시다."

"그러죠."

그래놓고는 까맣게 잊고 지냅니다. 그냥 빈말이라지만 한번 입 밖으로 나간 말은 이미 약속입니다.

그리고 자신에게 하는 약속이 있습니다. 나는 지금 나 자신에게 한 약속을 실천하고 있는 중입니다. 매일 아침마다 명상의 시간을 갖겠다는 마음의 약속이 바로 그것입니다. 기왕 시작했으니 100일은 채워야 한다고 스스로 생각합니다. 그러면서 내가 얼마나 진지하고 성실하게 사느냐를 가늠해볼 수도 있을 것 같습니다. 따라서 최선을, 그리고 즐거운 마음으로 약속을 지켜나가려 합니다. 지켜지는 약속은 분명 아름다운 세상을 만드는 신뢰의 씨알입니다. 정말 괜찮은 삶을 살고 싶습니다.

이런 마음으로 보람찬 하루 되시길 바랍니다.✱

아름다운 죽음

프랑스의 상징파 시인 보들레르는 이렇게 말했습니다.

'지상에 남아 있는 아름다움이란 없다. 진정 아름다운 것은 죽음밖에 없다.'

그는 많은 곳을 다니며 아름다움을 찾으려 했지만 그 아름다움은 보고 나면 사라지고 말더라는 겁니다. 하지만 누군가 다녀와서 구체적으로 애기해준 적이 없고, 가볼 수도 없기 때문에 죽음만이 아름다운 미지의 세계를 볼 수 있다는 겁니다. 그래서 죽음과 관련된 그의 시들은 삭막하기보다 아름다움을 전해줍니다.

그의 시 「여행에의 초대」는 정말 아름다운 사랑시 같습니다. 그의 말을 빌리자면, '죽음은 아름다운 여행'입니다. 이승은 '일장춘몽과 같다'고 옛사람들은 이야기했습니다. 꿈을 꾸고 있다는 것입니다.

우리는 죽고 난 후에 지금의 삶을 기억하게 될까요! 어떻게 보면 잠이란 죽음의 축소판과도 같습니다. 우리가 잠들어 있는 순간은 살아 있는 것이 아닙니다. 그때 우리는 외부와 단절된 삶을 사는 것입니다.

우리의 삶과 죽음도 이와 마찬가지입니다. 결국 죽음 이후에 우리의 삶은 새로 시작된다고 할 수 있습니다. 그리고 우리가 저 세상에서 잠이 깰 때, 현세에서 잠든 순간에 일어났던 일들이 전혀 기억나지 않는 게 아닐까요.

＊＊

나는 가끔 어느 순간에 내가 잠드는지 알고 싶어서 애를 써보지만 한 번도 내가 잠드는 순간을 기억할 수 없었습니다. 우리에게 공존하는 죽음도 그런 게 아닐까요.

피에르 신부는 이렇게 말했습니다.

'죽음이란 말은 라틴어 모르투스에서 연유하는데, 이는 죽는다, 삶을 떠난다, 가버린다, 사랑하는 사람들의 시야에서 사라지는 것으로, 죽음은 진정 이별이 아니라 계속 이어지는 것이다. 끝이 아니라 다시 새로워짐이다. 이는 빛으로 들어가기 위해 어둠에서 나오는 것과 같다……'

그냥 '죽음이란 아름다운 것이다'라고 말하고 싶었는데……. 어쨌든 우리는 주어진 순간순간 최선을 다해 살면 됩니다.＊

마음의 눈 · 1

****

어린 왕자가 말했습니다, '중요한 것은 눈에 보이지 않는다'고.

사실 우리는 중요한 것을 보지 못할 때가 많습니다. 그것은 우리가 눈으로만 보려 하기 때문입니다. 마음으로 봐야 하는 것이 있고, 느낌으로 봐야 하는 것이 있습니다.

이렇게 보는 것들, 요컨대 마음으로, 눈으로, 느낌으로, 그 무엇으로 보든 그것이 정확하리란 보장은 없습니다. 정확하지 않으니까 우리는 점쟁이가 아니고, 그래서 삶은 탐구하며 살 만한 게 아닐까요?

바람, 공기, 전파, 향기…… 이런 것들은 모두 눈에 보이지 않지만 실재하는 것들입니다. 그런데 우리는 오직 눈으로만 보려고 하지 않았을까요! 가급적 우리는 마음으로, 느낌으로 세상을 보며 살아야 합니다. 그래야 우리가 사는 곳이 사람 냄새 나는 세상이 될 테니까요.

보이는 것은 쉽게 변합니다. 하지만 보이지 않는 것들은 오래도록 변하지 않습니다. 보이지 않는 것은 아름답습니다.

너무 멀리 있는 것은 우리의 시야에서 벗어나 있어 보이지 않습니다. 하지만 그 너머에도 분명 많은 사람들이, 많은 실재들이 존재합니다.

너무 가까이 있는 것은 보이지 않습니다. 우리의 속눈썹도 보이지 않습니다. 우리가 보는 세상, 우리가 보고자 하는 사람도 적당한 거리에서 봐야 제대로 볼 수 있습니다. 너무 가까이 있는 사람은 선입견 때문에 제대로 보이지 않습니다.

배신이나 오해로 아파하지 않으려면 적당한 거리에서 보고 만나는 것이 좋습니다. 이혼이, 실망이 늘어나는 이유도 거기에 있습니다. 진정 누군가를 내 사람으로 만들고 싶으면 적당한 거리 재기를 해야 합니다. 만남은 우리의 인생에서 성패를 좌우할 만큼 중요합니다. 좋은 사람 만나는 날 되었으면 좋겠습니다.*

009
부처님의 손

비어 있다고 비어 있는 것이 아닙니다. 채워져 있다고 채워져 있는 것이 아닙니다. 오늘은 부처님 이야기를 하겠습니다.

부처님의 손을 보면 뭔가 흘러 넘치지 않게 하려는 것처럼 보입니다. 왜 그럴까요?

부처님의 손은 비어 있는 것처럼 보이지만 비어 있는 것이 아닙니다. 가득 차 있고, 풍요로워서 들고 있는 것입니다. 그런데 그 차 있음이 보이지 않는 것은 우리가 눈으로만 보려 하기 때문입니다.

마음으로 다시 한 번 보세요. 많은 것이 보일 겁니다. 그 손 안에 우리 삶의 희로애락이 담겨 있을지도 모릅니다. 누가 보느냐, 또는 어떤 상황에서 보느냐에 따라 각자에게 달라 보입니다.

부처님의 손은 비어 있는 것이 아닙니다. 단지 우리가 보지 못할 뿐입니다. 그렇다고 내가 보았다는 말은 할 수 없습니다. 내가 본 것을 남은 못 보고, 남이 본 것을 나는 못 보니 보았다고 할 수 없습니다.

이렇게 이해되지 않는 모호한 말이 있어서 세상의 학문이 있고, 종교가 있습니다. 모든 것이 명확하다면 이 세상은 전혀 의미가 없어지고 맙니다. 우리는 이 애매모호함 때문에 다양한 일로 서로 공존하며, 양식을 나눠 먹으며 살고 있는 게 아닐까요. 이런 까다로움도 즐겁게 느껴지는 하루 보내시길 바랍니다.✽

010
마음을 비우면

****

한 날을 갈무리하고 문을 닫아야 하는 저녁입니다. 우리는 이 문을 닫습니다. 그리고 이 시간을 진리의 방 안에서 묵상하며 한 날을 반성하는 시간으로 갖는 건 어떨는지요.

하루를 살면 하루치의 이야기가 쌓이고, 선행보다는 곱지 않은 일이 쌓입니다. 하지만 지난 일은 마무리해야 합니다. 삶은 언제나 실전이지 연습이 아니므로 되돌릴 수는 없습니다.

이제 철저히 한 날을 반성하고 깨끗이 잊는 겁니다. 그리고 다시 새로운 날의 문을 열어제칩니다. 삶은 그리 길지 않습니다. 그러므로 우리는 기쁘고 행복하게 살아야 합니다.

말로만 마음을 비우고 산다 하지 말고, 실제로 마음을 비우고 살다보면 우리의 삶은 행복, 아니 가벼워질 것입니다. 100년도 못 살면서 우리는 1,000년을 걱정하는 건 아닐까요. 옛날 광고 문구처럼 말입니다.

오늘은 이런 말을 하고 싶습니다. 내가 가질 수 있는 만큼만, 능력만큼만 가지려 하면 마음이 한결 가벼워질 것이라고.

가질 수 없는 걸 가지려 하니까 욕심이 생기고 싸움이나 분쟁이 일어나는 것입니다. 할 수 없는 걸 하려고 하니 세상 근심을 혼자 다 짊어지고 사는 겁니다.

오늘은 가벼운 마음으로 훌훌 털어내는 날 되시길 기도 드립니다. *

24

011
비 오는 밤의 단상

참 이상한 일입니다. 사람의 감정이란 것 말입니다. 비가 내리면 멜랑콜리해지니 말입니다. 오늘은 산에 올라갈 날이었는데, 비가 오는 바람에 오르지 못했습니다.

우리는 바쁜 일상 속에서 정신없이 살아갑니다. 하루, 아니 1주일이 되도록 하늘 한 번 쳐다보지 못하고 삽니다. 나도 모르는 사이에 누군가를 만나도 사적인 관계보다는 공적인 관계로 생각하게 됩니다.

저 사람이 내게 도움이 될 사람인지 아닌지부터 따지게 됩니다. 철저히 비즈니스적인 사람으로 변해갑니다.

이렇게 비가 내리는 날이면 사람 냄새 나는 이들이 그립습니다. 그런데 우리 주위엔 내가 보고플 때, 이야기를 나누고 싶을 때 전화 한 통화만 하면 반갑게 달려나와 이야기를 나누고, 고민을 들어줄, 삶의 쌓여진 이야기를 나눌 수 있는 이들이 많지 않은 것 같습니다.

아니면 내가 사람을 잘 사귈 줄 몰라서인지도 모르겠습니다.

지금은 새벽 0시가 넘었습니다. 시도 때도 없이 마음을 나눌 수 있는 친구가 그리워지는 밤입니다.

정말 사람 냄새 나는 사람으로 남고 싶습니다. 제대로 살아서 마음의 창인 눈망울도 다른 사람에게 다정하고 해맑아 보였으면 좋겠습니다. 우리의 눈은 우리의 내면을 담아내는 창입니다. 세상을 담아들이는 창이

＊＊＊

기도 하답니다.

내 눈이, 내 마음의 창이 빗물 속에 깨끗이 씻겨내렸으면 좋겠습니다.

세상이 아무리 혼탁해져도 내 마음을 담아올리는 마음의 그릇에 아름다운 생각과 아름다운 언어와 아름다운 행동만 가득 차 있었으면 좋겠습니다.

살아갈수록 물질화되는 내가 아니라, 욕심으로 가득 찬 탐욕의 눈을 가진 내가 아니라 진정 아름다운 삶을 살아가는, 그래서 큰바위얼굴처럼 자애로운 모습으로 곱게 늙어갔으면 좋겠습니다.

비가 내립니다. 지금 깨어 있는 사람만이 한밤의 빗소리를 들을 수 있답니다. 괴로운 일상들을 빗물에 다 씻어버리고 평화로운 잠자리가 되시길 기도 드립니다.＊

012
적당하다는 것

비가 참 많이 내렸습니다. 비 피해도 많았고요. 어떠신지 모르겠습니다. 편안하셨기를 기원 드립니다.

무엇이든 적당한 것이 좋습니다. 넘치는 것은 피해를 주거나 우리를 부담스럽게 합니다. 너무 부족하면 궁핍함이 다른 사람에게 누가 되지나 않을까 염려됩니다. 너무 부족하면 남의 것을 강탈하고 싶은 욕심이 생기지 않을까 걱정됩니다. 하기야 많은 것을 가진 사람이 적게 가진 사람의 것을 빼앗는 경우를 더 쉽게 볼 수 있지만…….

욕심 없는 마음으로 살려 하면 남들이 바보라고 합니다. 적당한 욕심은 필요한 것 같습니다. 너무 곧게 살려 하면 사람들이 옆에 있지 않으려 합니다. 그래도 내겐 이해해주고 나와 같은 부류의 순박한 이들이 많아서 참 행복합니다.

세상이 어려워도, 사람들이 나쁘게 변해가도 착한 마음으로 살았으면 좋겠습니다. 사람들이 이기적으로 변해간다곤 하지만 아직도 많은 사람들이 따스한 마음을 갖고 살아가기에 이 사회가 지탱되는 것이 아닌가 생각합니다. 정의가 살아 있는 세상을 위해 각자의 자리에서 최선을 다하는 삶을 살았으면 합니다.

적당한 것이 좋습니다. 하지만 불의와의 타협이 적당히 무마된다면 불행한 일입니다. 진정한 정의에 대해 생각하는 아침이 되시길 바랍니다. 내일의 희망찬 태양의 비상을 믿으며 기쁜 하루 되시길 바랍니다.✱

013
나눔의 행복

나라가 굉장히 어려운 것 같습니다. 금방이라도 통일이 되려나 기대 했는데 통일이 되기에 앞서 이제는 우리끼리 또 갈라져야 할 정도로 분열되고 있는 모습에 절망감을 느낍니다.

우리네 보통사람들은 책임을 느껴야 합니다. 우리는 정치인들의 싸움에 어느 한쪽의 입장에 서게 됩니다. 하지만 우리에게는 어떠한 이익도 주어지지 않습니다.

먼 이야기로만 알았던 일들이 내 주변에서도 일어날 수 있다는 생각을 하니 마음이 아픕니다. 내가 잘 아는 이들이 끼니를 잇지 못하고 있습니다. 그들이 무능해서도, 게을러서도 아니고 국가의 무능이 그들을 그렇게 만든 것입니다. 그런데도 우리는, 아니 그들은 어디에 하소연할 수가 없습니다.

이제 그들은 어디로 가야 하나요.

우리는 정치인들을 위해 손뼉 쳐주고, 이름을 외치며 지지했습니다. 나라가 어려워질 때 우리는 고통을 겪었습니다. 하지만 대통령을 비롯한 거의 모든 정치인들은 평생 살 수 있는 재산을 모았습니다.

국고에서 나온 많은 돈이 우리 국민의 의사와는 관계없이 지출되고 있습니다. 북한으로 가는 돈이든 부실 금융에 쓰이는 돈이든 우리 국민이 내야 하는 돈입니다. 그런데 정치인들은 아낌없이 씁니다. 자신들의 호

28

주머니에서 나가는 돈이 아니기 때문입니다.

많은 이들이 노숙으로 고통을 받고 있습니다. 나의 동료들이, 우리의 이웃들이 직장에서 쫓겨나 끼니를 잇는 데 어려움을 겪고 있습니다.

우리는 아픈데, 우리는 슬픈데…….

아닙니다. 우리보다 더 뼈저린 아픔을 겪는 이들이, 먹고사는 일로 가정을 깨고 거리에서 방황하고 굶주리며 울고 있는 이들이 너무나 많습니다. 그런 이들을 만나본 적이 있나요?

그들에 비하면 우리는 아직 행복합니다. 내 것을 그들과 함께 나누지 못함이 부끄럽습니다. 그들을 생각하면 정치인들에게 분노가 느껴집니다. 오늘은 생계 때문에 아픔을 겪는 이들을 생각하며 반성의 시간을 가졌으면 좋겠습니다.*

<h1 style="text-align:center">014
상징</h1>

제헌절입니다.

아침 일찍부터 아파트 관리사무실에서 국기를 달라고 방송을 하더군요. 늘 태극기 다는 날을 기다리며 사는데 다른 이들은 태극기를 잘 게양하지 않나 봅니다. 국기는 나라의 상징이라 머나먼 이국에 있으면 국기를 볼 때마다 고국 생각이 날 텐데요.

『어린 왕자』에 나오는 상징이란 이런 거래요. 노란 밀밭과 노란 머리의 어린 왕자가 겹쳐지게 되는 것. 그래서 그 노란 밀밭을 보고 있노라면 지금은 떠나고 없을 노란 머리의 어린 왕자가 떠오를 것이라는 게 여우의 말이지요. 같은 노란색이니 말예요.

우리에게도 어떤 상징을 주는 사람이 있나요. 가로수 늘어진 길을 걸으면 그 옛날에 함께 걷던 누군가가 떠오르진 않나요. 평소에는 잊고 살다가 뭔가 이미지가 같든지 통하든지 하면, 또는 누군가와 닮은 사람을 만나면 뜬구름 없이 우리의 가슴에 잔잔한 파문을 일으키며 마음으로 다가오는 사람은 없나요. 아니면 그렇게 떠오르는 장소나 뭔가는 없나요. 그래요, 상징은 뭔가 잊고 있었던 것을 연상하게 하는 것을 말하죠. 상징은 추억을 떠올리게 하는 역할도 하고요. 기왕이면 아름다운 상징을 많이 간직하고 살 수 있도록 아름다운 만남을 많이 가지십시오.

오늘은 제헌절입니다. 국기를 달아놓고 쳐다보면서 이 나라가 여기에 이르기까지 정말로 사리사욕 없이 피를 흘리고 땀을 흘린 이들의 모습을 떠올렸으면 좋겠습니다. 지금의 정치인이나 사회적 리더들은 그와 같은 숭고한 피가 흐르는 국가의 봉사자들인지, 마음이 답답해집니다. 우리만이라도 진정한 정의를 지키고 살았으면 좋겠습니다. 말로만, 나처럼 글로만 정의를 외치지 말고 작은 행동 하나하나에 정의와 상식을 담는 삶을 살았으면 합니다.

하늘이 맑습니다. 폭우의 기억은 잊어버리고 맑은 하늘처럼 맑은 마음의 하루 되시길 바랍니다. ✱

015
추억

추억을 이야기하렵니다. 추억은 아름답게 다가오는 것입니다.

우리는 늘 뭔가를 잊으며 삽니다. 그리고 그 이상의 뭔가를 채우며 삽니다. 그러나 막상 우리가 잊었다고 생각한 일들이 어느 날 갑자기 떠오르면 그것은 우리를 쓸쓸하게 하거나, 우리를 아프게 하거나, 우리 맘을 설레게 합니다.

나는 남을 불편하게 하는 걸 싫어해서 조금이라도 불편해한다 싶으면 마음은 아파도 그냥 미소를 보내주었습니다. 그런 일들이 지금은 그냥 허허로운 미소를 짓게 한답니다.

뭔가를 쟁취하려면 떼도 쓰고, 귀찮게 굴어야 한다던가요. 하지만 뭐든지 지내놓고 보면 아쉽고, 그래서 아름다운 추억으로 남는 것 같습니다. 몸에 상처가 생기면 처음엔 쓰리고 아픕니다. 하지만 완치되고 나면 흔적만 남을 뿐, 아프지는 않습니다. 우리의 삶도, 우리의 사랑도 마찬가지입니다. 지금은 아파도 훗날엔 기억 속에서 우리를 설레게 하며, 미소 짓게 할 겁니다. 생채기는 쓰리고 아파도, 상처는 흔적뿐, 더는 아프지 않답니다. 지금 괴로운 일이 있나요. 잊자고요, 잊어버리자고요.

시간이 생채기를 스치고 지나가면 더는 아프지 않을 겁니다. 앉아서 생채기가 치유되길 기다리지 말자고요. 그 위에 소독도 하고 약도 바르고, 붕대로 감싸듯이 즐거운 일을 찾고, 감싸줄 누군가도 찾아보자고요. 길지 않은 삶, 긍정적으로 살아야만 합니다.

추억

서글픔으로 다가와서

한 줄기 그리움으로 남은

차마 못 잊을 추억 하나

추억이라 하기엔 너무 아린

그리움의 전설

까마득한 옛 이야기로 남겨두려면

문득 문득 내 가슴 두드리며

못내 그립게 하는 어여쁜 추억

추억이 이토록 아름다운 건

다시는 만날 수 없는……

다시는 되풀이할 수 없는……

그래서 추억은 아름답습니다.

아름다운 추억 하나 떠올려 예쁘게 미소짓는, 혼자만의 기쁨을 맛보는
하루 되시길 바랍니다.✱

016
자신감

누구나 어떤 모양으로든 아픔을 갖고 살아갑니다. 인간이기 때문입니다. 그래도 우리는 미소를 띠며 활기차게 살아야 합니다.

살다보면 절망의 늪에서 허우적거릴 때가 많습니다. 무엇을 하든 잘될 것 같지 않고……. 하지만 우리는 꽤 많은 잠재능력을 가진 인간입니다. 일의 성사는 어쩌면 마음먹기에 달려 있지 않을까요.

오늘은 자신감에 대해 생각해보기로 해요.

자신감을 갖고 살아가는 이들의 모습을 보면 아름답습니다. 물론 자신감과 오만은 다릅니다. 우리는 모두 자신감을 갖고 살아야 합니다.

우선 자신감을 가지려면 어떤 일 하나를 정하고 그 일을 완벽하게 처리하는 겁니다. 그러고 나면 다음 일도 어렵지 않게 처리할 수 있습니다.

반면 무슨 일이든 마무리를 못하는 사람은 매사에 자신감을 갖지 못합니다. 오히려 실패에 대한 두려움이 생깁니다.

일 처리가 제대로 안 될 때는 마음을 비우고 욕심을 적게 내야 합니다. 내가 할 수 있는, 자신있게 할 수 있는 일, 물론 그 일은 거창하지 않고 아주 보잘것없는 일이라도 괜찮습니다. 아주 쉬운 일을 선택하고 그 일을 깔끔하게 마무리하는 겁니다. 그러면 다음 일에도 자신감을 갖게 됩니다.

일에 있어 가장 무서운 적은 실패에 대한 두려움입니다.

* *

망설이기보다는 부딪쳐서 깨져버리든지 실패하는 편이 차라리 낫습니다. 일이 많다고 당황하거나 우왕좌왕해선 안 됩니다. 우선 일의 순서를 정해야 합니다. 그리고 행동에 앞서 한 번 더 생각해보고 나서 그 방법대로 일하는 것이 더 빠른 길입니다.

일을 잘하느냐, 못하느냐는 일을 할 때 생각을 하느냐, 일의 우선순위를 아느냐에 달려 있습니다.

100미터 경주에 앞서 출발선에 선 주자는 어디로 어떻게 달려나갈지를 미리 그려봅니다. 우리도 무엇부터 어떤 방식으로 어떻게 할 것인지, 무엇을 먼저 해야 할지를 생각한 다음 일에 착수해야 합니다. 늦은 듯하지만 그 길이 빠릅니다.

일을 잘하는 사람은 자기 나름대로의 틀이 있습니다. 무슨 일이든 그 틀 속에 넣기만 하면 됩니다.

그래요, 삶에 있어 자기 나름의 틀을 가진 사람은 무슨 일이든 자신있게 할 수 있습니다. 적은 욕심을 가지고 도전하는 겁니다. 도전하는 사람은 아름답습니다.

생각은 깊게 하고, 결정은 신중하게 하고, 행동은 신속하게 해야 합니다. 잃었던 자신감을 되찾고 새로운 일에 도전하는 아침이 되시길 바랍니다. *

017
만남의 의미

기왕이면 아름다운 말만 하며 살았으면 좋겠습니다.

우리는 모두 먹고, 마시고, 냄새 맡고, 보고, 듣습니다. 이 행위들은 대동소이하지만 사람에 따라 맛을, 냄새를, 보는 것을 다르게 보고 다르게 느낍니다.

100명이 있으면 100개의 문화가 존재합니다. 서로 다르기 때문에 우리는 조화를 이루며 살아야 합니다. 서로 다르기 때문에 이야기를 나누며 서로를 바라봐야 합니다. 생각도, 삶의 방식도 서로 다르기 때문에 많은 일거리와 문젯거리가 공존합니다.

우리는 수많은 문제 속에서 사람을 만납니다. 그리고 그들과 많은 문제를 풀어가며 얽히고 괴로워합니다.

사람과 사람의 만남, 그 속에서 우리는 잘 정리하며 살아야 합니다. 한 사람, 한 사람과 나의 관계 설정을 잘 해야 합니다. 정리해야 할 사람은 깨끗하게 정리해야 합니다.

냉정한 것 같지만 계속 만나야 할 사람, 어느 정도 만나고 정리해야 할 사람, 다시는 만나지 말아야 할 사람…… . 이런 식으로 관계 정립을 한 다음 잊을 사람은 깨끗이 잊고 만날 사람은 과감히 만나야 합니다.

누구를 만나느냐에 따라 우리는 행복해질 수도, 불행해질 수도 있습니다. 사람을 잘 골라 만나야 합니다. 그리고 만난 이상 그에게 최선을 다해야 합니다.

만남은 내 입장에서만, 내 편의대로만 해서도 안 됩니다. 상대가 원치 않을 땐 물러서기도 해야 하고, 보내줄 줄도 알아야 하고 돌아설 줄도 알아야 합니다.

우리는 서로간에 적당한 거리를 둡니다.

만남의 시간이 오래갈수록 그 공간이 좁아진다면 좋은 만남입니다. 만남의 시간이 오래갈수록 공간이 넓어진다면 언젠가는 헤어져야 할 만남입니다.

내 마음이 아파도 보낼 사람은 깨끗이 보내줘야 합니다. 사람들과 나의 관계를 잘 정리하는 하루 되시길 바랍니다. 하나의 마무리를 잘하고 나서 다른 일로 나가는 현명한 하루 되시길 바랍니다.*

사랑한다는 것

나는 이 땅에 사는 이들을 사랑합니다. 우리는 한 하늘 아래서 같은 공기로 호흡하고 있기 때문입니다. 우리는 피부색이 닮았고, 동일한 언어를 씁니다. 그래서 나는 이 땅에 사는 이들을 사랑합니다.

살다보면 언제나 가까이 지내고 싶은 이들이 많습니다. 어쩌면 보기에 역겨운 이들보다는 사랑스럽고 함께 이야기 나누며, 옆에 머물고 싶은 이들이 훨씬 많습니다. 아마도 나는 행복한 사람인가 봅니다.

요즘 우리나라는 너무 편가르기를 하는 것 같습니다. 나보다 잘난 이에 대한 질투 때문에 누군가를 비난하기도 합니다. 자신이 가지고 있는 콤플렉스를 감추기 위해 오히려 큰소리치는 이들이 있습니다.

우리만이라도 누구는 좋고, 누구는 나쁘다는 선입견을 버렸으면 좋겠습니다.

자신이 지식인이면 얼마나 많이 압니까! 자신이 깨끗하면 얼마나 깨끗합니까! 우리는 모두 별반 차이도 없는데 서로 도토리 키 재기하듯 그렇게 말하고 있지는 않나요.

똑똑한 사람들이 매스컴에서 편가르기를 하든 말든 우리는 사랑의 눈으로 서로를 봐야 합니다. 사랑의 눈으로 보면 모두가 좋아 보입니다. 연애 시절 우리는 얼마나 상대를 아름답게 보았던가요. 그것은 우리가 서로 사랑했기 때문입니다. 사랑으로 보면 모든 단점이 장점이나 애교로, 용기로 보입니다.

* *

미움의 눈으로 보면 모든 것이 단점으로 보입니다. 용기는 객기로 변합니다. 애교는 주책으로 보입니다.

우리는 서로 사랑해야 합니다. 누군가를, 세상을, 삶을 사랑하는 마음으로 살면 우리는 긍정적으로 변합니다. 자신감 있고 즐거운 마음으로 살게 됩니다. 자신있게 사는 사람은 남을 용서할 수 있고 관대합니다.

사랑은 믿음에서 생깁니다. 사랑은 자신감에서 생깁니다. 사랑은 행복을 만들어줍니다.

미움은 열등감에서 생깁니다. 미움은 분열을 낳습니다. 미움은 부정을 잉태합니다. 미움이 가득한 사람은 늘 불행합니다.

우리 모두 열등감 없이 자신있고 당당하게 살았으면 좋겠습니다. 서로를 배려하며, 상대성을 인정하며 살았으면 좋겠습니다. 서로가 어울려서 조화를 이루며 사는 세상은 무척이나 아름답습니다.

나는 여러분을 사랑합니다. 여러분도 나를 사랑해주었으면 좋겠습니다. 그 사랑으로 나는 늘 글을 씁니다. 나를 위해 기도하고, 기원해주세요. 언제나 여러분이 기쁘도록 내 글이 아침마다 여러분을 찾아갈 수 있도록. 그러면 난 건강해야 할 테니까요. 그러면 난 행복할 테니까요

오늘은 여러분의 마음속에 사랑의 씨알이 싹트고 잘 자라나기 시작하는 한 날 되시길 바랍니다. *

019
여행

여행을 떠날 때 우리는 많은 준비와 계획을 세웁니다. 하지만 아무리 많은 준비를 하고 길을 떠나도 다시 우리의 보금자리로 돌아올 수밖에 없습니다.

이번 여름엔 모두들 여행을 떠나든 휴가를 가든 아름다운 추억을 남기는 계절이 되었으면 좋겠습니다. 파도가 넘실대는 푸른 바다에 가서 사람들의 몸이 미치지 못하는 곳에서 깨끗하고 푸른 빛깔을 담아오는 휴가가 되었으면 좋겠습니다.

깨져버릴 듯한 푸른, 아니 파란 하늘, 여름이지만 비가 뿌리고 지난 후라 가을하늘보다 더 맑고 단아한 빛깔을 가진 하늘을 지리산에서든, 가까운 도봉산에서든 그 청아함을 가져다가 닮는 여름이었으면 좋겠습니다.

물기를 머금어 싱싱하게 자라나는 저 들, 파란 나신을 드러내고 실바람에 하늘거리며 여름만 생각하는 곡식들의 젊고, 싱싱한 빛깔을 가져다가 간직하는 여름이었으면 좋겠습니다.

아프고, 슬프고, 상처로 얼룩지는 추한 일들은 우리와 아주 먼, 아무런 상관없는 멀고 머언 나라의 일로만 여겨지는 여름이기를 기도 드립니다.

여행을 떠나듯이 행복한 삶을 위한 마음의 준비를 철저히 하는 하루 되시길 바랍니다. *

인연

아침이면 우리는 서둘러 밥을 챙겨 먹고 집을 나섭니다. 뛰고, 걸어 각자의 일터로 갑니다. 우리의 일터에는 상사가 기다립니다. 그리고 부하 직원이 있을 수도 있고, 직급은 같지만 선배도 있고, 후배도 있을 수 있습니다.

우리는 이러한 관계 속에서 조화를 이루며 살아야 합니다. 전혀 관계없던 사람들이 만나 모임을 이루고, 함께 생계를 해결한다는 것은 보통 인연이 아닙니다.

우리는 이 인연을 소중히 여겨야 합니다. 이것을 소중히 생각할 때 우리의 만남은 아름답게 기억됩니다. 얼마나 소중한 만남인가요. 내가 집에서 사랑하는 가족과 대화하며 생활하는 시간은 그리 많지 않습니다.

일요일을 제외하고 나면 말입니다. 우선 잠자는 시간엔 함께 한 집에 있을 뿐이지 서로가 모르고 꿈속 여행을 각기 떠나지요. 밥 먹는 시간을 포함해서 의식을 갖고 있는 시간만 따지면 불과 하루에 4~5시간도 채 안 되는 것 같습니다. 그러니 직장의 동료, 상사, 부하 직원들은 얼마나 소중한가 생각해보세요.

우선 부하 직원에게 아주 따뜻한 마음으로 소중하게 대해줘야 합니다. 그들이 진정 기쁜 마음으로 일터로 오고, 신나게 일하고, 보람을 갖고 퇴근하게 해줘야 합니다.

상사에게도 이런 마음을 가져야겠지요. 상사에게는 추호의 의심도 없이 믿을 수 있도록 신뢰감을 줘야 합니다. 일도, 금전적으로도, 말도, 행동도 신뢰를 받을 수 있도록 최선을 다해야 합니다.

우리는 우리의 일터를 아주 재미있고 기쁜 마음의 장소로 만들어야 합니다. 이런 일터는 아름다운 일터입니다. 하루에 최소한 9시간 이상을 함께 하는 사람들이 모인 우리의 일터는 정말 중요한 곳입니다.

이 소중한 곳이 즐거울 수 있도록 먼저 앞장서는 여러분이 되었으면 좋겠습니다. 보람있는 하루를 보내시기 바랍니다.

목표의 중요성

등산은 우리에게 많은 교훈을 줍니다.

등산을 하는 사람은 여러 가지 유형이 있습니다. 어떤 이는 산에 오를 때 경사가 심한 곳으로 올라갔다가 다시 그 길로 내려옵니다. 어떤 이는 비교적 완만한 길로 올라갔다가 가파른 길로 내려옵니다.

등산에 앞서 우리는 목표를 정합니다. 예상 코스를 정하고, 예상 소요 시간을 정합니다. 그리고 나서 등산을 시작합니다. 하지만 산에 오르다 보면 체력이 달려 중도에 목표를 포기하고 돌아오기도 합니다.

그런데 목표를 정했다가 중간에 돌아오면 다음에 등산할 때는 성공할 용기가 나지 않습니다. 그래서 등산에 성공하려면 목표를 정하되 시간은 여유있게 정하고 예정된 코스를 다 도는 것이 좋습니다. 우리는 무슨 일이든 달성할 수 있는 목표를 정하는 것이 좋습니다.

마라톤도 마찬가지입니다.

마라톤 코스도 42.195km만 있는 것이 아닙니다. 5km, 10km, 20km도 있습니다. 5km에 성공한 사람은 그 이상의 거리에 도전할 자신감을 갖게 됩니다. 하지만 10km에 도전했다가 중도에 포기한 사람은 5km에 도전할 용기조차 갖지 못하게 됩니다.

인생에서 우리가 즐겁고 자신있게 살 수 있는 비결은 자신이 할 수 있는 일, 확신이 있는 일을 정해 그 일에 도전하고, 그 일을 깔끔하게 마무리 하는 것입니다. 그러면 다음 일을 쉽게 할 수 있습니다.✱

사소함에서 비롯되는 것들

'지극히 작은 일에 충성된 자는 큰 일에도 충성하리라.'

이는 성경에 나와 있는 말씀입니다. 사실 세상의 모든 일은 아주 작은 것에서 시작됩니다.

어쩌면 전쟁이라는 것도 남녀간에 사소한 보여주기에서 비롯되는 것인지도 모릅니다. 남자들은 여성에게 인기를 얻고 인정받으려는 본질적인 욕구가 있습니다. 그 때문에 남성은 자신이 강하다는 것, 누구보다 똑똑하다는 것을 보여주기 위해 갈등이 생깁니다.

정치인들이 정치에 목을 매는 이유도 여성들에게 사랑받으려는 발로일지도 모릅니다. 반면 남성은 여성에게 액세서리가 되어서는 안 됩니다. 여성 또한 남성의 종속물이 되어서도 안 됩니다. 남성과 여성은 동일한 인격체여야 합니다.

그러므로 남녀간에 있어 남자가 관계를 리드해 가는 것이 좋은 건 아닙니다. 여자가 능동적인 것 또한 전혀 흠이 아닙니다. 누구나 주체가 되어 서로에게 당당한 관계로 서야 합니다.

남자가 뒤에서 여자를 안고 있을 때 남자가 여자의 발을 땅에서 떨어지게 하면 남자가 여자를 안고 있는 것이지만 여자가 앞으로 구부리며 남자의 발을 땅에서 떼어놓으면 여자가 남자를 업고 있는 것입니다.

이 액세서리는 필수품이 아니라 부차적인 것입니다. 이 액세서리는 화려할수록 좋고, 비쌀수록 좋으며, 보기에 좋을수록 좋은 겁니다. 그래서 이러한 것이 여성에게는 남성을 선택하는 기준이 되고, 퇴출 기준이 되는지도 모릅니다.

지구상에서 갈등의 역사는 모두 남성과 여성간의 관계조율의 부조화에서 비롯되었습니다. 이처럼 엄청난 것 같은 일도 아주 사소한 것에서 시작되었습니다.

따라서 모든 일은 작은 일부터 잘 마무리해야 합니다. 작은 일을 잘 처리하는 사람이라야 큰 일도 잘 처리할 수 있습니다. 일을 잘 처리할 줄 아는 사람은 일에 대한 자기 나름의 철학이 있습니다. 그는 나름의 틀을 만들며 삽니다. 또한 일의 필요에 따라 그 틀을 적절히 변형시킬 줄 압니다.

오늘은 누구를 지배하려 하기보다 누군가를 섬겨보는, 겸손의 미덕을 행하는 아름다운 날 되시길 바랍니다.✱

현재의 순간

순간을 소중히 여기며 살아야 합니다. 삶에서 가장 소중한 것은 현재의 순간입니다. 지금 이 시간은 우리가 살아온 날들 중에 가장 많은 경험을 했고, 가장 많은 것을 알고 있는 순간입니다.

또한 지금 이 순간은 내가 살아갈 날들 중에 가장 젊은 순간입니다. 그래서 현재의 시간이 중요합니다. 현재라는 시간은 살아온 날들과, 살아갈 날들을 이어주는 시점입니다. 현재라는 시간에 내가 존재하지 않는다면 과거도, 미래도 남아 있지 않습니다.

현재라는 시간에 내가 존재하고 있기 때문에 과거라는 것이 내 기억 속에 남아 있으며, 미래라는 시간이 나에게 잠재되어 있습니다. 그러므로 우리는 현재라는 이 순간을 소중히 여기며, 처해 있는 상황에서 최선을 다해야 합니다.

사르트르는 '과거에 내가 무엇을 했느냐가 중요한 것도 아니며, 나는 무엇을 할 것인가가 중요한 것도 아니며, 지금 나는 무엇을 할 수 있느냐가 중요하다'라고 했습니다.

카뮈는 '과거는 내 기억 속에만 존재하는 것이므로 나의 것이 아니다. 미래라는 것, 또한 내게 주어지리란 보장이 없으니 또한 나의 것이 아니다. 그러므로 순간만이 소중하다'라고 했습니다.

그렇습니다, 현재에 최선을 다하면 어제보다 오늘이, 오늘보다 내일이 훨씬 더 보람있고 아름답게 다가옵니다. 순간만이 소중한 것입니다. 순간을 소중히 여기는 날이 되었으면 좋겠습니다.
오늘 드디어 지방을 한 바퀴 돌아 집에 왔답니다. 그리고 이제 여느 때와 같이 일상으로 돌아가야 합니다. *

나 자신은 커다란 우주의 근본입니다.

내 속에 소중한 모든 것이 있습니다.

내 속에 세계가 있습니다.

내 속에 모든 해결의 열쇠가 있습니다.

새로움의 발견

* *

매일같이 반복되는 일상, 아침이면 서로 밀치면서 지하철에 오르고, 그러면서도 즐거운 일상을 보내야 합니다.

그러려면 평범하고 진부한 일상 속에서 일어나는 일들 하나하나를 소중히 여기며 새롭게 보려는 시도를 해야 합니다.

기쁨은 언제나 내 마음속에 감추어져 있는데 우리가 찾지 못하고 있는 건 아닐까요?

하루하루의 삶은 소중합니다. 한번 가버리고 나면 다시 돌아올 수 없는 시간들이기 때문입니다. 하지만 우리는 얼마나 무의미하게, 아니 무심코 시간을 보내버리는지 모릅니다. 그러고 나면 이내 후회하고, 이내 잊어버리고 맙니다.

이런 망각이 때로는 우리를 편안하게 해주는지 모릅니다. 하지만 우리가 해결해야 하는 일을 잊고 있을 뿐이었다면 우리가 망각에서 깨어나 다시 그 일을 기억하는 순간에는 너무나 헝클어져 있어서 수습이 곤란한 지경에 있을지도 모릅니다.

모든 일은 때가 있는 것 같습니다.

10대에 해야 할 일이 있고, 20대에 해야 할 일이 있고, 30대, 40대……. 모든 일은 적당한 시기가 있습니다. 그런데 우리는 종종 그 시기를 놓칩니다. 물론 자의가 아니라 타의에 의해 또는 환경이나 개인, 가정 형편 때문인 경우도 있습니다. 하지만 그보다는 조금만 부지런하면 될 것을 게으름 때문에 그 시기를 놓쳐버리고 나서 후회하곤 합니다.

그 시기가 지나서 해야 할 일을 꺼내면 그 일은 이미 수십 배나 어렵습니다. 할 수 없는 일도 때론 있습니다.

공부, 취미……. 무슨 일이든 하고 싶을 때 해야 합니다. 그래서 나도 매주 축구화를 신고 공을 찹니다. 산에 올라 세상을 내려다보기도 합니다. 세상은 어느 곳, 어느 위치에서 보느냐에 따라 아주 달라 보입니다.

별것도 아닌 일 속에 새로운 것이 숨어 있습니다. 그 평범한 일상에서 새로운 생각을 갖게 되거나 새로운 것을 발견하게 되는 날은 내가 무척 대견스럽습니다. 새로운 것은 아름다워 보입니다.

주위에 있는 아주 평범한 것을 새롭게 느껴서 새로운 뭔가를 발견하는 하루 되시길 바랍니다.✱

인간의 능력

* *

클레망소는 '행운은 눈먼 장님이 아니다. 앉아서 기다리는 자에게 행운은 영원히 찾아오지 않을 것이다. 걷는 자만이 앞으로 갈 수 있다'라고 했습니다.

무덥고 짜증나는 여름이지만 여유로운 마음으로 살았으면 좋겠습니다.

인간에게 초능력이란 없습니다. 초능력이란 사전적 의미로 '인간의 능력을 초월하는 능력'으로 정의되어 있습니다. 그러므로 인간이 가진 능력은 모두 인간의 능력이지 초능력이 아닙니다.

교회에서 일어나는 신유의 능력, 무당이 작두 위를 걷는 능력 등은 초능력이 아닙니다. 물론 보통사람이 할 수 없는 일이지만 인간이 한 일이라면 초능력이 아닙니다. 인간의 잠재능력이라고 해야 할 겁니다.

우리에게는 잠재된 능력이 있습니다. 우리가 찾지 못하고 있을 뿐입니다.

자신의 능력을 제대로 찾은 사람은 인생을 성공적으로 살 수 있습니다.

또한 정 자신이 없으면 남보다 부지런해야 합니다. 능력이 없는 사람일수록 더 시간을 투자하면 따라갈 수 있습니다. 능력도 없는데 능력 있는 사람만큼만 노력하면 실패할 수밖에 없습니다.

우리는 누구나 잠재능력이 있습니다. 그 능력은 각기 다릅니다. 그 능력을 제대로 찾아내야 그 분야에 최고가 될 수 있습니다. 자신의 잠재능력을 알아내는 하루가 되시길 바랍니다.❋

026
나를 이기면

이 세상이 복잡한 듯하지만 실상 알고 보면 아주 간단합니다.

나 자신은 커다란 우주의 근본입니다.

내 속에 소중한 모든 것이 있습니다. 내 속에 역겨운 모든 것이 있습니다. 내 속에 세계가 있습니다. 내 속에 모든 문제가 있습니다. 내 속에 모든 해결의 열쇠가 있습니다.

세상은 아주 간단합니다. 모든 것은 나로부터 출발합니다. 그러므로 우리가 행복하게 세상을 살아가려면 내가 나를 이겨야 합니다.

내가 나에게 한 약속, 마음먹고 있던 일들을 잘 지키고 잘 갈무리하면 나를 이기는 겁니다. 내가 나와 싸워 이기는 것, 이것이 삶입니다. 내가 나를 이기지도 못하면서 남과의 싸움에서 이기려 하다보니 불행해지고 갈등이 생깁니다.

나를 이기면 세상은 나를 향해 미소지으며 아름다운 모습으로 다가올 겁니다. 내가 나를 이기는 신나는 하루 되었으면 합니다.✱

027
사람과 사람의 거리

비가 많이 내립니다. 출근길에 남녀가 함께 우산을 쓰고 가는 모습을 보았습니다. 작은 우산이라 남자는 머리만 빼고 다 젖고 있었습니다. 그 배려가 요즘 같은 때는 더욱 아름다워 보입니다.

아침마다 메일을 쓰기 시작한 지 어느덧 한 달이 되어갑니다. 아침마다 무엇을 쓸지 고민하면서 컴퓨터를 대한 지 꽤 여러 날 되면서 이 일에 익숙해지기 시작하더군요. 그러면서 아침을 맞을 때마다 작은 설렘이 입니다.

뭔가 쓸거리를 발견하고 자판을 대하면 그다지 어렵지 않게 두드려질 수 있다는 건 이제는 여러분이 내가 무슨 글을 쓰든 이해해줄 거라는 믿음이 생기기 때문입니다.

한편으로 내 글을 읽는 분들은 내 가족이라도 된 듯이 그 얼굴들을 상상해봅니다. 이 글들을 쓰면서 나는 더 많은 생각을 하게 되었고, 이 명상의 글과 달리 내가 지금 진행 중인 작품에도 새로운 활력소가 되고 있습니다.

우리는 사람들을 대하면서 각자에게 거리 두기라는 것이 있습니다. 그 거리는 서로에게 익숙해짐에 따라 좁혀지게 되어 있습니다. 미움이 있는 사람들은 서로가 다가오는 것을 용납하지 않습니다. 반면 사랑하는 사람들은 거리를 서서히 좁혀갑니다. 그리고는 너무나 가까워져 더는

* *

가까워질 수 없을 정도가 되면 결혼을 하게 됩니다.

누군가 가까이 오는 것이 싫어지면 우리는 그를 미워하고 있는 것입니다. 누군가를 만나면 가까이 다가가고 싶은 사람들이 있습니다. 그들은 우리가 좋아하는 사람들입니다.

좋아진다는 건, 서로가 서로에게 익숙해진다는 의미입니다. 익숙해졌다는 건, 서로에게 길들여진다는 의미입니다.

그렇게 익숙했던, 가까웠던 사람들이 어느 날 갑자기 낯설어 보일 때가 있습니다. 멀게 느껴질 때가 있습니다.

우리가 그렇듯이, 그들 또한 우리에게 그렇게 느끼는 날이 올 수도 있습니다. 그것을 우리는 상대에 대한 실망이라고 합니다.

서로에게 거리를 좁히는 일은 아름다운 일입니다. 하지만 그 좁혀진 거리를 오래 유지하는 건 더 아름답습니다.

피었다가 후드득 지는 꽃은 향기가 있어서 좋지만 늘 지지 않고 피어 있는 조화는 향기는 없어도 보기엔 언제나 아름답습니다.

언제나 같은 미소, 늘 다정한 목소리로 상대를 보려는 마음으로 오늘 하루를 사시길 바랍니다. 오늘은 미웠던, 거리가 멀게 느껴지던 이에게 먼저 다가가 다정한 미소로 정말 따뜻한 마음이 담긴 손을 내밀어 화해를 청하는 한 날을 시작하는 아침이 되었으면 좋겠습니다. *

028

행복이란

오늘은 행복에 대해 이야기해보려 합니다. 행복의 사전적 의미는 '생활에서 충분한 만족과 기쁨을 느껴 흐뭇해하는 상태'입니다. 우리는 모두 행복을 추구하며 삽니다. 그런데 행복은 잡을 수 있는 것이 아니고 느끼는 것입니다.

그러므로 행복을 잡으려는 사람은 결코 행복할 수 없습니다. 행복은 느끼는 것이니까요. 행복을 느끼려면 우리의 마음이 행복을 느낄 준비가 되어 있어야 합니다.

행복은 외부에서 오는 것이 아니라 우리의 마음속에 숨어 있는 것입니다. 욕심이 많은 사람은 행복을 외부에서 찾기 때문에 좀처럼 느끼지 못합니다. 행복은 우리 안에 있기 때문에 마음을 비워야 찾을 수 있습니다. 행복은 명예에 있는 것이 아닙니다. 행복은 돈에 있지도 않습니다. 행복은 자신을 극복할 때 찾아오는 것입니다. 그래서 타인과 나를 비교하는 것이 아니라 자신의 어제와 오늘을 비춰보는 것입니다.

행복은 웃음에서 옵니다. 웃다보면 행복은 자신도 모르게 찾아옵니다.

행복은 감사에서 옵니다. 생각해보면 우리의 삶은 온통 감사 투성이입니다. 나에게 아픔을 주고, 배신을 주고, 손해를 주고 떠난 이는 그만큼 나를 성숙하게 해주었으니 감사할 일입니다.

나에게 아픔을 준 이들은 나에게 시를 가져다주었습니다. 그래서 난 그들에게 고마워합니다. 나를 애태우게 하다 떠난 이는 나에게 슬픈 사랑의 시를 쓰게 해주었습니다. 나에게 미소지어주고 손잡아준 이는 나에게 콧등이 시큰해지는 감동을 주었습니다.

우리가 감사의 마음을 갖는다면 감사의 조건은 요모조모로 다 감사할 일뿐입니다. 이런 감사에서 행복은 어느새 우리 앞에 와 있습니다.

엄마 아빠의 손을 잡은 아이들, 그렇게 온 가족이 성경책을 들고 교회로 향하는 모습에서 행복감이 느껴지지 않던가요!

노부부가 지하철에서 '당신이 앉구려' 하며 한 자리를 놓고 양보하는 모습에서 행복감이 느껴지지 않던가요!

무엇을 보든 행복한 모습으로 보면 그 모습은 행복해 보입니다. 반면 그 모습들을 궁상맞게 보면 불행하게 보입니다.

그래요. 행복은 세상을 어떻게 보느냐에 달려 있습니다. 사랑의 눈으로 세상을 보면 그곳에 행복이 있습니다. 긍정의 눈으로 세상을 보면 행복은 이미 그곳에 있습니다.

행복은 먼 곳에 있는 것이 아닙니다. 아주 가까운 곳에 있습니다. 너무 가까워서 만질 수 없는, 그래서 느낌으로 가질 수 있습니다.

사랑의 마음으로 세상을 보세요.
사랑의 마음으로 사람들을 보세요.

* *

사랑스런 사람들, 사랑스런 세상 속에, 행복은 숨어 있는 거예요.

행복은 우리의 마음속에 숨어 있었던 거예요. 행복은 우리의 마음속에서 우리가 불러주기를 기다리며 색을 고르며 준비하고 있습니다.

기왕에 사는 거 예쁜 마음으로 행복하게 살자고요.

'난 행복해, 난 행복해, 난 행복해'라고 매일 아침마다 행복을 되뇌어보세요. 그러면 행복해집니다.

사랑의 눈으로 세상을 보는 한 날 사시길 바랍니다. 그래서 아주 행복한 하루 되시길 바랍니다.✱

029

말, 말, 말

좋은 말, 아름다운 말만 하는 사람은 자신도 모르게 아름다운 마음을 갖게 됩니다. 반대로 항상 험한 말을 하는 사람은 마음도 서서히 추해집니다.

교양이란 학교 교육으로 이루어지는 것이 아닙니다. 스스로의 언행이 절제되고 자제될 때 자신도 모르게 쌓여지는 것입니다.

우리가 쓰는 말 한마디, 한마디에는 자신도 모르는 사이에 인격이 묻어납니다. 그러므로 아름다운 말만 하며 살았으면 좋겠습니다.

말 속에 저주를 담으면 자신이 그 저주를 받습니다. 말 속에 부정을 담으면 하는 일이 늘 꼬입니다. 반면 긍정적인 언어 속에는 용기가 살아납니다. 긍정적인 언어 속에는 희망이 살아납니다.

매일같이 어렵다고 말하는 사람은 당장 주머니가 풍요로울 수는 있어도 언젠가는 가난하게 됩니다. 반면 가난하지만 티를 내지 않고 사는 사람은 언젠가 풍요롭고 당당한 삶을 살게 됩니다.

자본주의 사회는 있는 사람이 도움을 받습니다. 없는 사람은 멸시당하고 있는 것까지 빼앗기고 맙니다.

우리의 언어 행위가 삶 자체를 잠식해 우리를 만들어갑니다. 언어는 자기 암시입니다. 기왕이면 아름다운 말로 사람을 대하는 것이 좋습니다. 기왕이면 좋은 말로 이야기하는 것이 좋습니다.

태어날 때부터 우리의 운명이 만들어진 것은 아닙니다. 내 인생, 내 삶

* *

은 내가 만들어가는 것입니다. 늦었다는 생각보다 언제 시작하느냐가 중요합니다. 우리의 언어가 우리 자신을 만들어간다는 생각으로 하루하루를 소중하게 여기며 살았으면 좋겠습니다.

많은 것이 있어도 평생을 초라하게 사는 이가 있습니다. 가진 것 없어도 늘 여유 있는 마음으로 사는 이가 있습니다. 세상을 다 갖는 것이 중요한 게 아닙니다. 우리가 가진 것을 얼마나 소중히 여기느냐가 더 중요합니다.

이런 마음가짐은 우리의 언어 생활에서 시작됩니다. 남의 좋은 점만 말하는 하루, 긍정적인 말만 하는 하루가 되었으면 좋겠습니다. 그리고 뱉어진 말에는 무의식중에 나의 약속이 담겨있으므로 보다 신중하게 말하는 데 익숙해지는 하루가 되었으면 좋겠습니다.

마음으로 우리가 10년만 아름다운 말만 하면 우리 자신이 큰바위얼굴이 되지 않을까요.

좋은 말, 여유있는 말, 긍정적인 말들만 우리의 언어가 되어 우리를 대하는 이들의 마음에 시원하고 상큼한 사이다 같은 역할을 하는 하루가 되었으면 좋겠습니다.

이런 생각을 한다는 것만으로도 우리는 행복한 사람입니다. 오늘 하루 웃음으로 시작하시기 바랍니다.*

030

기쁨의 샘

매일 일을 사랑하며 살았습니다. 일을 하며 살 수 있다는 것은 행복한 일입니다. 더구나 일을 사랑하는 마음이 있는 나는 너무나 행복합니다.

일은 즐거운 마음으로 해야 자신도 즐겁거니와, 일을 감독하거나 지시한 사람도 기쁩니다. 그렇게 일을 진행하면 보다 능률적으로 끝날 수 있습니다.

즐거운 마음으로 일을 하면 그 일은 행복이 됩니다. 반면 억지로 일을 하다보면 노동이 됩니다.

물론 일을 지시하는 위치에 있는 이들은 일을 시킬 때 즐거운 마음으로 할 수 있도록 배려하면 좋습니다. 일을 해야 하는 사람은 마음에 내키지 않더라도 일단 즐거운 마음으로 일을 해야 합니다.

행복은 우리의 평범한 일상 속에 숨어 있습니다. 우리의 마음의 상태만 살짝 바꾸면 곧바로 행복의 문에 이르게 됩니다.

나도 공사판에서 막노동을 해본 적이 있습니다.

자갈 질통이나 모래 질통을 짊어지고 3층으로 사다리를 타고 올라가는 일입니다. 질통을 짊어지고 밑이 열리지 않도록 끈을 잡고, 무게에 비척이며 무더운 여름날 사다리를 오르는 겁니다. 땀이 비 오듯 하고 어깨가 욱신거립니다. 그것은 고통입니다.

빨리 목적지로 올라가 짐을 내리고 싶은 욕망이 생깁니다. 느린 걸음으로 꼭대기에 올라 끈을 놓는 순간 모래가, 자갈이 와르르 쏟아지고 나면 어깨가 가벼워집니다. 그리고 한 통을 끝냈다는 성취감이 나를 기쁘게 합니다.

힘든 일에서의 잠깐의 해방, 그리고 한 줄기 바람이 불어와 이마의 땀을 식혀줄 때의 짜릿한 기분, 거기에 작은 행복이 있었습니다.

그렇습니다, 행복은 우리의 일상 속 순간순간마다 느끼는 것입니다. 그 순간마다 '아 행복해'라고 마음으로 외쳐보는 겁니다. 이런 마음이 거듭되면 우리는 날마다 여러 차례 행복한 순간이 있었음을 알게 됩니다.

기쁨의 마음을 많이 가질 때 기쁨은 점점 늘어나게 마련입니다. 기쁨의 샘은 아무리 퍼내도 고여 있습니다. 많이 기뻐한다고 고갈되는 것이 아닙니다.

일상의 순간에서 짧은 기쁨을 긴 기쁨으로 만들어가는 행복한 하루 되시길 기도 드립니다.✻

031

진정한 사랑 · 1

어제는 '드림랜드'에 아이들을 데리고 갔습니다. 아이들을 수영장에 들여보내곤 울타리 밖 작은 의자에 앉아 나오길 기다렸습니다.

3시간 정도는 기다릴 만했는데 아이들은 지칠 줄 모르고 놉니다. 장장 5시간을 놀더군요. 무더운 날씨에 땀을 흘리며 기다렸지만 한편으로 자기들끼리 노는 모습이 대견스러웠답니다.

기다림이 지루했지만 짜증나지 않는 것이 부모 마음인 것 같습니다. 그러면서 나 자신이 부끄러웠습니다. 내 가족에게는 이런 사랑을 베풀면서 남에게는 그런 마음조차 갖고 있지 못하다는 생각이 들었습니다.

우리는 살아가면서 수없이 사랑이란 말을 되뇌며 삽니다. 하지만 우리는 진정한 사랑의 의미를 모르고 있습니다.

연인간의 사랑은 진정한 사랑이 아닙니다. 그것은 서로가 주고받음을 전제로 하기 때문입니다. 오히려 자식을 향한 부모의 사랑이 진정한 사랑에 가까울 것입니다. 주는 것만으로 기쁜 사랑 말입니다.

우리는 하루에도 몇 번씩 사랑이란 말을 듣습니다. 텔레비전에서, 라디오에서, 노래 가사에서 말입니다. 그리고 실제로도 그 말을 많이 사용합니다. 그러면 우리는 진정한 사랑을 나누고 있을까요? 우리는 우리끼리, 가족끼리는 잘 지냅니다. 그런 사랑은 누구나 할 수 있는 사랑입니다.

진정한 사랑은 보상이 전혀 전제되지 않는 사랑입니다. 예컨대 우리를 미워하는 사람을 사랑하는 것이 진정한 사랑입니다. 우리는 우리라고 칭하는 그룹이 아닌 이웃부터 사랑해야 합니다. 끼리끼리의 사랑은 지양해야 합니다.

사랑은 내가 가진 것이 적음에도 불구하고 누군가가 필요로 하는 것을 아낌없이 나누어주는 일입니다.

남의 것을 가져다주는 것은 진정한 사랑이 아닙니다. 땀흘려 번 돈으로 남을 구제하는 것과 모금통을 가지고 다니면서 모금하여 구제하는 것 중 어느 쪽이 더 진정한 사랑일까요?

부자에게는 누구나 아무런 거리낌없이 돈을 빌려줄 수 있습니다. 그것은 사랑이 아닙니다. 그것은 비즈니스입니다.

사랑은 빌려주는 것이 아닙니다. 그냥 주는 것입니다. 주는 것으로 기쁜 것, 그것이 사랑입니다. 그 사랑은 너무나 힘든 사랑입니다. 우리는 이 세상을 살아가면서 미래를 걱정해야 하는 인간이기 때문입니다.

많은, 큰 사랑보다 우리가 가진 것을 주기는 어려워도 마음이라도 나누어주는 사랑을 실천했으면 좋겠습니다.

누군가를 진정으로 생각해주고 불쌍히 여기는 것, 그것이 사랑의 시작입니다. 우리보다 못하고 약하고 어려운 이들을 진심으로 생각해주는 하루를 살았으면 좋겠습니다.✽

베푼다는 것

환자에게 문병을 가면 그 환자의 병은 60분의 1쯤 낫는다고 합니다. 그러나 60명이 한꺼번에 문병을 간다고 그 환자의 병이 한꺼번에 완쾌되지는 않습니다.

죽은 사람의 무덤을 찾아가는 것은 가장 고상한 행위입니다. 문병은 환자가 나으면 감사를 받을 수 있지만 죽은 사람은 아무런 인사도 할 수 없기 때문입니다. 감사를 바라지 않고 베푸는 행위야말로 아름답습니다. 진정한 사랑은 '때문에'가 아닙니다. '임에도 불구하고'입니다.

용서하는 것도 주는 것입니다. 이 세상에 공짜로 주어지는 것은 없습니다. 먼저 용서하고 먼저 줘야 우리에게 주어집니다.

누군가에게 많이 베푸는 사람은 그 당사자가 아니더라도 다른 제3자를 통해서 많은 것을 받게 됩니다. 아무리 힘겹고 어렵다 해도 삶은 자기 스스로 만들어가는 것입니다. 뭔가를 베풀며 산다는 것은 즐거운 일입니다. 누군가에게 덕을 베풀며 산다는 것은 아름다운 일입니다. 뭔가를 누군가에게 나누어줄 수 있다면, 그는 부자입니다. 뭔가 소유한 것이 있다면 나누어주십시오. 줄 수 있는 사람은 행복합니다.

오늘은 내가 남에게 줄 수 있고 베풀 수 있는 것이 무엇이 있을까 생각해보고 자그마한 사랑이라도 나누는 하루였으면 좋겠습니다.

나보다 고통스럽고 부족한 이들이 많음을 생각하며 감사의 마음도 함께 가졌으면 좋겠습니다.

아름다운 고통

사랑하는 사람을 위한 고통은 아름다운 고통입니다.

누군가를 사랑한다면, 그런데 그 때문에 고통을 겪어야 한다면 그건 고통이 아닙니다. 그 고통은 오히려 환희를 가져다줍니다. 그 고통 뒤에는 고통을 깨끗이 잊게 해줄 만큼의 기쁨과 보상이 따르기 때문입니다.

십자가에 못박힌 예수의 고통도 우리를 사랑하는 마음이 있었기에 고통으로 받아들여지지 않습니다.

고통과 환희는 불가분의 관계입니다.

마라톤 선수들은 중도에 포기하고 싶은 마음이 간절할 정도로 고통스럽습니다. 긴 시간의 고통입니다. 하지만 반환점을 돌아 골인 지점에 이르면 기뻐집니다. 경쟁에서 승리해 1등이라도 하면 얼마나 기쁜지 모릅니다.

그 기쁨의 순간이 오래 지속되는 것은 아닙니다. 하지만 짧은 순간의 환희를 위해 주자들은 긴 고통을 겪습니다.

그들은 압니다. 환희는 고통 뒤에 오는 것이 더 값지고 크다는 것을. 고통의 시간은 길었지만 그 짧은 환희의 순간으로 지난 고통은 상쇄되고 충만한 기쁨만 남기에 그들은 고통을 마다하지 않습니다.

짧은 환희는 긴 고통보다 훨씬 아름답기 때문입니다.

사랑하는 사람을 위해 애태우는, 가슴 저미는 아픔도 그 일이 마침내 성사되면 지난 아픔은 봄눈 녹듯 사그라지고 환희만 남습니다. 사랑을 향

****

한 고통은 그래서 감미롭습니다.

무더운 날입니다.

아뽈리네르란 시인은 마리 로랑생과 사귀었는데, 어느 날 퇴짜를 맞습니다. 그날 그는 미라보 다리를 건너다가 시를 썼지요. '기쁨은 언제나 고통 뒤에 오는 것을……'이란 여운을 남기면서.

미라보 다리

미라보 다리 아래로 센 강은 흐른다

그리고 우리들의 사랑

그 사랑을 기억해야만 하는가

기쁨은 늘 고통이 지나고 나서야 오곤 했었지

밤이여 오라 종은 울려라

세월은 가도 나는 머물리라

그토록 느린 물결이 영원한 시선으로

우리들의 팔로 이룬 그 다리 아래로

흘러가는 동안

얼굴을 마주 보며 손을 맞잡고 이대로 있자

밤이여 오라 종은 울려라
세월은 가도 나는 남으리라

사랑은 간다, 흐르는 물처럼
사랑은 간다
삶이 느린 것처럼
그리고 희망은 얼마나 강렬한가

밤이여 오라 종은 울려라
세월은 흘러도 나는 머물리라

날이 가고 세월이 가도
흘러간 시간도
사랑도 다시 돌아오지 않는데
미라보 다리 아래로 센 강은 흐른다

밤이여 오라 종이여 울려라
세월은 가고 나는 남는다

034
삶이라는 산

산山은 우리에게 많은 교훈을 줍니다. 오르는 기쁨을 가져다줍니다. 우리에게 순수를, 순리를 가르쳐줍니다.

산은 정직하고 누구에게나 공평합니다. 도로에는 자동차들이 제각각 달려갑니다.

하지만 산에는 순전히 자신의 노력으로 올라야 합니다. 옛 시조에도 있듯, 산이 아무리 높다 해도 하늘만큼은 높지 못해 오르고 또 오르다보면 정상에 오를 수 있습니다.

산에 오르는 사람들은 적어도 고통을 즐길 줄 알기 때문에 좋은 사람들이란 생각이 듭니다. 적어도 자기 노력으로 정상에 오른다는 점에서 분명 산을 사랑하는 사람들은 다른 사람들보다 건전한 마음의 소유자들이 아닐는지요.

우리는 살아가면서 수많은 산들을 만납니다. 그 산은 성공, 꿈, 사랑, 슬픔, 고통 등으로 이루어진 산입니다.

하지만 그 산이 아무리 험난하다 해도 우리는 그 산을 올라야 합니다. 시지푸스가 무거운 돌을 언덕 위로 굴려 올리듯 우리도 우리의 운명을 굴려 올려야 합니다.

산을 오른다는 것은 언제나 괴로움이 수반됩니다. 다리가 아파오고 숨이 턱까지 차고 땀이 온몸을 젖게 합니다. 그 정상에는 한 줄기 시원한 바람이 우리를 기다리고 있습니다. 그 바람은 지금까지의 고통과 산을 내려가고 싶었던 갈등의 번민을 단번에 씻어줄 것입니다.

우리는 어떤 형태로든 앞에 놓여진 삶의 산을 올라야 합니다. 그 산은 누구나 오를 수 있습니다. 단지 그 산을 어떻게 보느냐에 차이가 있습니다.

이 세상 문제로 생각하면 다 문젯거리입니다. 먹고사는 일, 사랑하고 미워하는 일…… 그 모두를 문제로 인식하면 문제입니다. 그 모두를 노동으로 여기면 노동입니다.

단지 그 일에 익숙해 있어 문제로 여기지 않을 뿐입니다. 노동으로 여기지 않을 뿐입니다.

우리는 삶의 산에 오르면서도 산이라 여기지 않고 산책하는 마음으로 오르는 사람을 행복한 사람이라고 합니다. 같은 산이라도 얼굴을 찡그리며 오르는 사람이 있습니다. 기왕에 우리 삶 앞에 주어진 문제의 산입니다.

평생 올라야 할 산이라 해도 산을 산으로 여기지 않고, 문제를 문제로 여기지 않고 즐겁고 기쁜 마음으로, 긍정적인 마음으로 서두름 없는 즐거운 산행이 되었으면 좋겠습니다.

문제의 산 속에서 들리는 구슬픈 새의 울음을 아름다운 노래로 바꿔 들을 수 있는 신나는 하루가 되었으면 좋겠습니다.✳

035

산에 올라 세상을 내려다보니

매미들이 무척이나 많이 울었습니다. 처음엔 그 노래가 무척 정겨웠습니다. 하지만 땀방울이 눈으로 흘러들 때는 그 노래가 고통스러웠습니다. 하지만 정상에 올랐다 내려올 때는 나를 위한 개선가로 들려옵니다. 같은 것이라도 어느 위치와 어떤 환경에서 보느냐에 따라 달라 보이고, 같은 것이라도 마음 상태에 따라 달리 들리고, 달리 느껴진다는 것을 산은 나에게 가르쳐주었습니다.

산은 우리가 미처 생각하지 못한 진리를 가르쳐줍니다. 멀리서 보면 산은 제법 커다란 나무들만 있는 듯합니다. 하지만 산에 들어서보면 그보다 더 작은 것들, 풀이랑 이끼랑 온갖 것들이 있습니다. 숲이 유지되는 것은 나무인 듯 보이지만 그 작은 것들이 열심히 토양을 살찌워주고 먹고 배설하고 있어서이며, 노래를 불러주는 생명들이 있기 때문입니다. 그들은 조화를 이루며 서로에게 필요한 존재로 있었던 것입니다.

세상의 모든 것은 어디에서 보느냐에 따라 달라 보입니다. 산 정상에서 도시를 내려다보면 제법 평화롭고 아름답게 보입니다.

승자의 눈으로 보는 세상은 아름답습니다. 패자의 눈으로 보는 세상은 역겨워 보입니다. 그래서 우리는 최선을 다해 살아야 합니다. 승자의 여유로 세상을 보면 세상에 대한 애정과 상대에 대한 배려가 생깁니다.

산은 오를 때 고통을 주지만 정상에서 내려다보는 기쁨을 줍니다.

우리는 산처럼 묵묵히 내가 할 일을 제대로 하며 살아야 합니다. 때에 따라 알맞은 모습을 보여줘야 합니다. 산은 가장 완벽한 옷으로 때에 따라 옷을 갈아입습니다.

봄에 보는 산은 생명의 약동을 느끼게 합니다. 10대 소녀의 예쁜 꿈을 닮았습니다.

여름산은 푸르고 젊은 열정을 보여줍니다. 사랑에 겨운 청춘의 마음을 닮았습니다.

가을산은 쓸쓸하지만 깊은 사색을 가져다줍니다. 조용한 산사에서 자애로운 모습으로 명상에 잠긴 은자隱者의 모습을 닮았습니다.

겨울산은 순리에 순응할 줄 아는 모습을 보여줍니다. 겨울산은 평온히 내일을 준비하는 성숙한 이의 모습을 닮았습니다.

오늘은 잊고 있었던 하늘에 뜬구름도 보고, 말없이 앉아 우리를 내려다보는 산의 푸름을 바라보면서 마음의 안식을 얻는 하루를 보냈으면 좋겠습니다.

036

급할수록 돌아가라

사람들 사이에서 생각합니다. 오르내렸던 산을 다시 쳐다봅니다. 산은 그대로 있는데, 나는 사람들 속에서 살아가는 법을 익혀야 합니다.

산에 오르다보면 등산에 대한 지혜가 생깁니다. 처음에는 길을 잘 모르므로 사람들이 가장 많이 다니는 데로 오르면 됩니다.

지름길로 가다가 길을 잘못 들어 헤매기도 합니다. 잘못하다간 산세가 험해 뒤로 돌아가야 할 때도 있습니다. 기왕이면 우리는 지름길로 가고 싶어합니다. 모든 일에서 지름길이 보다 경제적이고 효율적이기 때문입니다. 지름길은 충분히 자신감이 있을 때 들어서야 합니다. 아니면 시간적 여유가 있을 때 들어서야 합니다.

바쁠 때 지름길이란 생각으로 들어서보면 오히려 막다른 골목일 때가 많습니다. 그러면 우리는 되돌아 나와야 합니다.

우리의 삶도 마찬가지입니다. 급할수록 한 번 더 생각하고 살아야 합니다. 무슨 일을 하기 전에 면밀한 구상이 앞서야 승산이 있습니다. 급하게 성공하려는 사람은 쉽게 좌절하기 십상입니다.

지름길보다 유유히 정도正道를 걷는 것이 좋습니다. 우리의 삶도 정도를 걸어야 합니다. 변칙이란 누군가에게 피해를 주는 경우가 많기 때문입니다.

내 삶이 소중하듯 다른 사람의 삶도 소중합니다. 약삭빠르게 살면 처음엔 남보다 앞서갑니다. 하지만 정도를 걷는 사람보다 나중엔 처지게 마련입니다.

토끼 걸음보다 황소 걸음이 승자의 방법입니다. 빠르게 빠르게만 돌아가는 삶의 소용돌이 속에서 한 번 쉬어가는 것이 요구되는 때입니다.

오늘은 강가로 나가 흘러가는 강물을 바라보며 순리의 의미를 생각해보는 하루였으면 좋겠습니다.✱

037

서로 다른 너와 나

우리는 남 이야기하기를 좋아합니다. 그런데 남의 이야기를 하다보면 그 사람에 대한 칭찬보다 흉을 볼 때가 더 많습니다.

누군가를 우리 잣대로 판단하고, 우리 기준으로 나쁘게 생각합니다.

'똥 묻은 개가 겨 묻은 개 나무란다'는 우리 속담이 있습니다. 우리는 남의 잘못은 잘도 지적하면서 자신의 잘못은 생각지 않습니다. 그런 우리는 위선자입니다. 우리는 자신과 남을 속일 때가 많습니다.

우리는 인간이기 때문에 죄를 짓지 않을 수 없습니다. 하지만 죄를 짓더라도 뉘우치는 것이 중요합니다. 그리고 남의 잘못에 대해 관대하고, 자신의 잘못에 대해 냉정해야 합니다.

'남을 욕하는 사람은 언젠가 자신도 욕을 듣게 되지만 남을 칭찬하는 사람은 언젠가 자신도 칭찬을 듣게 된다'는 말이 있습니다.

오해로 우리는 남에게 씻을 수 없는 마음의 상처를 주며, 우리 또한 상처를 받게 됩니다.

아무리 진실을 말해도 상대가 믿어주지 않으면 괴롭습니다. 그렇다고 마음을 끄집어내어 진실을 밝힐 수도 없습니다.

기왕이면 상대를 이해하려 애써야 합니다 우리 모두는 실수에 노출되어 있는 인간이기 때문입니다. 그들이 행하는 잘못을 우리도 범할 수 있는 개연성을 갖고 있기 때문입니다. 열등감이 많은 사람일수록 남의 나쁜

점, 단점을 만들어내려 애씁니다.

자신있게 사는 사람은 남의 이야기를 입에 잘 담지 않습니다. 남을 깎아내리려 하지 않습니다. 자신있게 사는 사람은 늘 당당합니다.

누군가를 질투하는 사람이 있다면 열등감이 많은 사람입니다. 자신감 있게 사는 사람은 언제나 당당합니다. 우리는 언제나 자신감 있고 당당하게 살아야 합니다.

누구나 재능이 다릅니다. 그러므로 우리는 동일한 인격을 갖고 있습니다. 우리는 당당하게 살아야 합니다.

오늘부터 나와 닮은 사람은 이 세상에 아무도 없다는 생각을 하며 자신을 존중하고 자신있게 일을, 사람을 대하기 바랍니다.*

038

선택하지 않는 것도 선택이다

우리는 희미해지는 것에 대해 매력을 느끼며 사는 것이 아닐는지요.
술이라는 것은 사람의 의식을 흐리게 하고 판단을 희미하게 하는 것 같습니다. 반면 없던 용기를 되살아나게 하는 힘을 갖고 있기도 합니다. 하지만 술이 문제를 해결해준 적은 거의 없습니다. 오히려 헝클어지게 할 뿐입니다.

우리는 모두 무엇이 되고자 합니다. 그렇다면 우리는 무엇으로 정해져 있는 것일까요.

우리는 마음먹기에 따라 무엇인가 될 수 있는 존재입니다. 우리는 우리 삶의 씨앗을 뿌리는 것입니다. 그 씨앗을 선택하는 것은 우리 자신의 몫입니다. 그리고 무엇을 심었느냐에 따라 결과는 그대로 나타나게 마련이고 그 결과에 대해 책임을 져야 하는 것도 우리 자신의 몫입니다.

우리의 행동은 마음먹기에 달렸습니다. 악의 근원도 우리의 마음이요, 선의 근원도 우리의 마음입니다. 그러므로 우리는 마음을 잘 컨트롤하기 위해 노력해야 합니다.

마음을 잡는 것은 보고 말하고 듣는 데서 이루어집니다. 좋은 것들만 보고, 좋은 소리만 들으면 마음도 그에 닮아갑니다. 좋은 말만 하려고 노력해야 합니다.

사르트르는 '우리는 선택해야 하는 숙명을 지닌 존재들이다. 우리는 어느 쪽으로든 선택하게 되어 있다. 그리고 그 선택한 자유에 대한 책임도 우리에게 있다'라고 말합니다.

인간 자체가 부조리한 존재이기 때문에 그 선택도 부조리하다는 것입니다. 선택을 하지 않으면 되지 않느냐고 반문할 수 있을 것입니다. 그러나 사르트르는 또 이렇게 말합니다.

'선택하지 않는 것조차 선택이다.'

그렇습니다, 우리는 어떤 형태로든 선택을 하며 살아야 합니다. 그 선택은 좋을 수도 있고, 나쁠 수도 있고, 가만히 앉아 있는 것일 수도 있습니다.

하지만 어떠한 선택을 했든 그 진행이나 결과에 대한 책임은 우리에게 있습니다. 우리에겐 선택이라는 자유와 함께 책임이라는 것을 동시에 부여받고 있습니다.

우리는 무엇이 되고 싶습니다. 많은 이들에게, 누군가에게, 많은 이들을 위하여, 누군가를 위하여, 무엇이 되어야 하고 무엇이 되고 싶어합니다. 오늘은 현명한 선택으로 가장 기쁜 하루가 되었으면 좋겠습니다. 누군가에게 소중한 의미로 기억되는 하루였으면 좋겠습니다. *

마음의 집 짓기

제가 시골에 살 때가 생각납니다. 다락터라는 곳에 값이 좀 싼 집을 샀는데, 집을 새로 지어야 할 정도로 기운 집이었습니다.

그래서 그 집을 아버지와 함께 도끼로 두드리고 기둥에 밧줄을 건 다음 잡아당겼는데, 좀체 무너지지 않습니다. 집이란 것이 쓰러질 땐 쉽게 무너지지만 일부러 부수려면 잘 안 부서집니다. 그래서 수리하느니보다 새롭게 터를 닦고 짓는 편이 훨씬 낫습니다.

우리의 삶은 마치 집을 짓는 일과 같습니다. 그것은 곧 우리 자신의 마음의 집입니다. 어떤 사람은 겉모양만 그럴싸하게 집을 짓습니다. 그는 생각 없이 아무렇게나 사는 사람입니다. 자신의 단점을 감추기 위해 말만 번지르르한 사람입니다.

반면 어떤 사람은 지질의 상태를 면밀히 조사하고, 그에 맞춰 세밀한 설계를 한 다음 집을 짓습니다. 집을 제대로 지으려면 홍수나 화재, 지진에도 끄떡없게 설계하고 철저한 감리 하에 이뤄져야 합니다. 그는 말과 행위와 마음을 일치시키려 노력하며 사는 사람입니다.

솔직히 나는 아주 위선적입니다. 아름다운 말만 골라하면서 아주 나쁜 생각을 합니다. 아름다운 글을 쓰면서 행동은, 말은 그렇지 못합니다.

남들은 내 글을 읽으며 내가 깨끗한 줄 알지만 내 마음은 그렇지 못합니다. 그 위선이라는 것이 나를 슬프게 합니다. 남들이 나를 보는 것이, 남들이 나를 평가하는 것이 그대로의 나였으면 좋겠습니다.

아니면 '넌 위선자야', '넌 나쁜 놈이야'라는 욕을 들으면 그나마 난 위선자가 아니어서 마음이 편할 것 같습니다.

우리는 마음의 집을 짓는 건축가입니다.
우리는 죽음을 마다하지 않고 의로운 일을 했던 의사, 열사들을 보아왔습니다. 그리고 돈, 명예, 또는 권력 때문에 뜻하지 않게 죽음을 당하는 경우도 보아왔습니다.
남을 위해 죽을 수 있다는 것은 숭고하지만 자신의 잘못이나 사소한 욕심 때문에 죽는 것은 아무런 의미도 없습니다. 스스로 죽는 것은 자신 때문에 죽는 비열한 짓입니다.
마음과 행위와 말이 일치되는 삶을 살고 싶습니다. 마음이 더러우면 더러운 대로 보여주는 용기가 부럽습니다.
그렇습니다, 내 마음은 헌 집입니다. 수리하기보다 완전히 새로 짓는 마음의 집, 행동의 집, 말의 집을 짓고 싶습니다. 위선의 집이 아닌 솔직의 집을 짓고 싶습니다.
겉보기엔 화려하지만 속이 지저분한 집보다 겉보기엔 초라해도 속은 아름다운 집을 짓고 싶습니다.*

희망의 씨앗

이 세상은 눈물 많은 세상입니다. 우리가 아무리 애쓰고 수고해도 세상 일은 마음먹은 대로 되지 않을 때가 많습니다.

이 눈물 많고 어지러운 세상에서 우리가 그래도 기쁨으로 살 수 있는 건 미래에 대한 희망이 있기 때문입니다.

우리에게 남아 있는 시간들을 소중히 여기며 이제 미움으로, 질투로, 절망으로, 악으로, 온갖 부정적인 것으로 죽어 있던 마음의 관을 부수고 일어나 긍정적인 삶을 살아야 합니다.

미래는 빈 들로 남아 있습니다. 우리는 그 빈 들에 희망을 심어야 합니다. 빈 들에 무엇을 심느냐는 순전히 각자의 몫입니다. 우리가 뿌린 삶의 씨앗이 어떻게 자라나고 성장하는지는 노력의 대가로 주어질 것입니다.

우리의 10년 후, 20년 후의 모습은 어떻게 변해 있을지를 생각하며 미래라는 빈 들에 삶의 씨앗을 심어야 합니다. 미래는 빈 들로 남아 있기에 희망입니다. 어떻게 살아왔느냐는 중요하지 않습니다.

채워져버린 과거라는 들은 다시 되돌릴 수 없습니다. 지금부터 우리는 어떻게 살아갈 것이냐에 희망이 있습니다. 보다 중요한 것은 지금 우리가 무엇을 하고 있느냐입니다. 지금이라는 바로미터가 우리의 과거를 아름다운 추억으로 기억하게 하고, 우리의 미래를 빛나게 하는 시금석입니다.

지금 최선을 다하는 사람만이 아름다운 미래라는 열매를 딸 수 있습니다. 지금 긴 사다리를 준비하는 사람만이 아주 높이 오를 수 있습니다.

지금 괴로워도 많이 우는 것이 미래를 아름답게 한다면 지금 펑펑 우는 것이 좋습니다. 그리고 미래에는 하늘이 무너져라고 웃는 겁니다.

10년 후 우리는 어떤 모습으로 살아갈까요? 20년 후에는요?

그때 우리가 어떤 계기로 만나게 된다면 우리는 그 지난 세월들의 편린을 이야기할 수 있겠지요.

그때 우리 서로의 삶들이 값질 수 있도록 한 날, 한 날을 소중히 여기며 살았으면 좋겠습니다.

이제부터는 하늘이 푸르를 준비를 하겠지요. 높고 푸른 하늘처럼 마음이 맑아지고 밝아졌으면 좋겠습니다. 우리의 마음도 그 하늘을 닮았으면 좋겠습니다.✳

041
마음의 등불

등불의 속성은 어둠을 물러나게 해 그 주변을 밝게 하는 데 목적이 있습니다. 등불이 비추는 반경 내에는 밝음이 머뭅니다.

등불은 밝은 데서 의미를 갖지 못합니다. 어둡기 때문에 등불이 필요합니다. 실체만 있고 불이 켜져 있지 않거나 감춰져 있어서 세상을 밝게 하지 못하는 등은 아무런 소용이 없습니다.

우리는 어둠 속에 있을 때 행위 또는 언어의 잘못을 알지 못합니다. 어둠 속에서 우리가 실수하고 잘못을 저질렀다고 면죄부가 되지는 않습니다. 우리가 어떤 곳에서 어떻게 행위의 씨앗을 심든 그 결과는 열매로 보여집니다.

이 세상 모든 일을 잠시 속일 수는 있습니다. 그러나 언젠가는 드러나게 마련입니다. 속이는 일은 잠시 사는 일입니다. 진실을 말하는 일은 오래도록 살아남는 슬기로운 방법입니다.

아름다운 거짓보다 추한 진실이 훨씬 가치 있습니다. 우리는 언제나 어둠 속에 있을 수 없습니다. 우리의 모든 언행은 언젠가 세상에 드러나게 될 것입니다. 언제까지 마음의 등불을 꺼둘 수는 없습니다.

우리는 자신의 잘못이나 비리를 부인하고 감추려다가 들통나서 망신을 당하고 명예마저 잃어버리는 정치인들을 보아왔습니다. 우리도 마찬가지입니다. 우리가 진실을 감추려다 망신을 당하지 않으려면 솔직한 편이 낫습니다.

등불을 켜야 합니다. 등불 아래로는 우리의 시커먼 그림자가 있습니다. 우리는 그 그림자로나마 우리의 실체를 어렴풋이 봅니다.

하지만 등불마저 꺼지면 우리의 모습은 보이지 않아서 내가 나를 알지 못합니다. 남이 나를 알지 못합니다.

내가 나를 모른다는 건 슬픈 일입니다. 내 속의 진정한 내가 죽는 일입니다. 내 속의 진정한 내가 서서히 썩어가는 일입니다.

마음에서 꺼져가는 양심이라는 등불을 켜주세요. 그리고 지금은 아프지만 고백을 하세요. 오해로 멀어져간 내 친구에게, 나를 기다리는 이웃에게 사랑의 등불을 켜는 겁니다.

'나 때문이야'라고 고백합니다. 내 주위에서 일어난 아프고 슬픈 일들은……. '네 덕분이야'라고 말해줍니다. 내 주위에서 일어난 축하 받을 일, 기쁜 일, 아름다운 일은 말예요.

어때요. 이미 마음이 기쁘죠? 마음이 아름다워지는 것 같죠?

이 마음으로 기분 좋은, 신나는 하루 되었으면 좋겠습니다. ✻

042

형식이라는 감옥

자신을 고정화된 형식의 틀에 가두어선 안 됩니다. 모든 형식은 우리를 가두는 감옥과 같습니다.

형식은 우리를 거추장스럽게 하는 무거운 옷과 같습니다. 우리는 시의 적절하게 변화 가능한 존재여야 합니다. 자신을 고정화시키면 더 이상의 발전은 불가능합니다.

우리는 우리를 부자연스럽게 하는 형식의 틀을 깨야 합니다. 그 형식의 문을 열어야 합니다. 틀 속에 자신을 고정시키지 말고 그 틀에서 벗어나야 합니다.

형식이나 습관은 그 시대의 산물입니다. 형식이나 습관은 그것이 유용했던 시대가 있습니다. 그러므로 시의적절하게 그 관습에서 자유로워야 합니다. 그 형식에서 문을 열고 나와야 합니다. 그래야 현실에 알맞게 살 수 있는 것입니다.

옛날에는 유용했던 것이라도 그 시대가 지나면 쓸모없거나 삶에 방해가 되는 것들이 많습니다. 우리를 거추장스럽게 하고 앞으로 나가지 못하게 하는 굴레와 관습으로부터 이제는 떠나는 겁니다. 벗어나야 합니다. 우리를 옴짝달싹못하게 하는 과거의 기억도 이젠 잊는 겁니다. 사랑의 아픔도 이제는 마음에서 지우는 겁니다. 그 사람이 없으면 못 살 것 같은 애련한 마음도 깨끗이 지우고 살아야 합니다. 처음엔 아프지만 세월

* *

의 물결이 조금씩 씻어갑니다. 그리고 그 자리는 다른 사람으로 채워지는 겁니다. 상처는 쓰리고 아픕니다. 그러나 세월이란 치료약이 그 생채기에 발라져 피가 멎고 고름이 멎으면 흔적만 남습니다.

가끔은 그 사랑이 생각날 겁니다. 그러나 아프진 않습니다. 그 흔적만 남은 것을 우리는 상처라고 합니다. 그 상처를 감싸주는 더 좋은 사람이 우리 옆에서 사랑의 노래를 불러주고 있습니다.

신은 그래서 우리에게 아름다운 묘약을 주었습니다. 과거의 모두를 아름다운 추억이게 해주는 망각이라는 약을 선물로 주었습니다.

지난 일을 다 용서하고 화해하고 그 일을 다시 생각나게 하는 상징을 찾아 오늘만 아름다운 추억으로 떠올려보는 건 어떨까요!

불필요한 낡은 관습에서 잘못되었지만 자신도 모른 채 깊이 빠진 고정관념에서, 날마다 똑같이 되풀이되는 전진 없는 일상에서 진정한 해방을 맞아 '나 만세!'를 외치는, 진정한 자아와 소중한 나를 발견하는 독립의 날이 되시길 바랍니다.*

043
꽃과 진리

소리는 눈으로 보이지 않습니다. 소리는 냄새로 알 수도 없습니다. 소리는 손으로 만져볼 수도 없습니다. 소리는 혀로 맛볼 수도 없습니다. 소리는 오직 귀로만 들을 수 있습니다.

그래서 사랑하는 사람의 목소리는 눈을 감고 들어야 잘 들립니다. 이 아침, 사랑하는 사람에게 목소리를 전해보시면 어떨는지요!

향기는 코로 맛볼 수 있습니다. 향기는 만지거나 눈으로 보는 것이 아니기 때문입니다. 향기는 혀로 맛볼 수도 없습니다. 향기는 촉감 없이 눈을 감고 코로만 느껴야 제대로 느낄 수 있습니다. 이 해맑은 아침, 좋아하는 꽃향기에 취해보는 건 어떨는지요!

아름다움은 눈으로 볼 수 있습니다. 아름다움은 만지거나 코로 맡을 수 있는 것이 아닙니다. 제대로 아름다움을 감상하려면 향기도 멀리하고, 감촉도 멀리하고, 맛도 멀리하고, 오직 눈으로만 봐야 제대로 볼 수 있습니다. 그래서 꽃은 바라만볼 때가 아름답습니다. 메밀꽃은 보기엔 아름다운데 향기는 지독합니다.

사랑하는 사람을 깨끗한 눈으로 바라보는 당신은 아름다운 사람입니다. 꽃의 감촉은 눈으로 보는 것이 아닙니다. 코로 맡아지는 것도 아닙니다. 맛으로 알 수도 없습니다. 꽃의 감촉은 오직 만져봐야 알 수 있습니다. 그러므로 감촉은 눈을 감고 향기도 멀리하고 만짐으로써 느껴야 합니다.

꽃은 감상하는 것이 좋습니다. 꽃은 향기로 말하는 것입니다. 꽃은 아름다움으로 말하는 것입니다. 꽃은 감촉으로 말하지 않습니다. 그래서 꽃은 느끼는 것입니다.

무엇이든 선입관을 멀리하고 들어야 합니다. 선입관 없이 봐야 합니다. 선입관 없이 향기를 맡아야 합니다. 선입관 없이 감촉을 느껴야 합니다. 하나의 감각이 동원되면 다른 감각은 멀리해야 합니다.

진리도 이와 같습니다. 진리는 발견하는 방식이 따로 있습니다. 진리는 직접 체험하는 것이기 때문입니다.

진리는 꽃의 향기와 같습니다. 그러므로 눈으로 보거나 귀로 들을 수 있는 것이 아닙니다. 진리는 경험으로 맛보는 것입니다.

볼 것은 보고, 들을 것은 듣고, 향기로운 것은 향기로 맡는 한 날이 되었으면 좋겠습니다.*

044

행복의 향기

수노루는 사향 향기를 내뿜습니다. 암노루들은 이 사향노루의 향기에 취해 몰려옵니다. 노루에게 향기는 중요한 성적 감각입니다.

예쁜 눈을 가진 사람을 보면 우리는 '눈이 참 예쁘네!'라고 말합니다. 청각이 남달리 뛰어난 사람을 만나면 '귀가 참 밝네요!'라고 말합니다. 하지만 후각이 발달한 사람에겐 '냄새를 잘 맡네요!'라고 말하지 않습니다. 냄새를 잘 맡는다는 것은 나쁜 의미를 내포하고 있기 때문입니다.

동물들은 자신들의 냄새를 통해 사랑에 빠집니다. 동물들은 독특한 냄새를 가지고 있습니다. 그들은 그들 자신의 냄새가 가장 잘 조화되었다고 느낄 때 사랑을 합니다.

수노루는 암컷이 필요할 때 언제나 성적인 에너지를 냄새로 바꿔 암컷을 매혹시킬 수 있는 능력을 갖고 있습니다.

암노루들은 수노루의 향기에 매혹되어 달려옵니다. 그러나 수노루는 자신의 냄새를 맡지 못합니다. 그러다가 수노루 역시 그 자신에게서 풍기는 냄새를 맡기 시작합니다.

그러나 그 냄새가 어디에서 오는지는 모릅니다. 그는 자신에게 풍기는 냄새를 찾아 이리 뛰고 저리 뜁니다. 그러나 끝끝내 그 향기의 출처를 발견하지 못합니다.

사향노루처럼 우리도 행복이 어디에서 오는지 모르고 있습니다. 사람은 찾고 구하고 있습니다. 돈에서, 명예에서, 권력에서 행복을 찾으려 합니다. 진정 아름다운 행복의 향기는 우리의 내면에 있습니다. 우리는 아름다운 행복을 볼 수 없는 마음에 감춰두고 있습니다. 그런데도 우리는 그것을 찾아 엉뚱한 곳을 돌아다닙니다.

아름다운 행복은 가장 가까운 내 마음에 있습니다. 자신에게서 문제를 찾고 해결하는, 정말 아름다운 날들이었으면 좋겠습니다.*

소중한 만남 · 1

우리는 살면서 여러 부류의 사람을 만나게 됩니다.

처음에는 호감을 느꼈는데, 자꾸 만나다보면 부담스러운 사람이 있습니다. 처음에는 그다지 마음에 들지 않았는데, 오래 접하다보면 진국인 사람도 있습니다. 또는 처음부터 좋아 보였는데 언제 봐도 좋아 보이는 사람이 있습니다.

우리는 대부분 소박한 사람들, 즉 진실한 사람들을 좋아합니다. 그다지 소리도 없는데 있어야 할 자리에 있어주는 사람…….

얼음 밑을 흐르는 물은 소리나지 않지만, 분명 얼음 밑으로 흐르고 있습니다. 이처럼 실체는 늘 변함 없듯, 그런 모습을 닮은 사람, 우리는 대개 그런 사람들을 좋아하게 됩니다. 그리고 그런 사람들을 만나게 되면 우리에게 그런 만남을 가져다준 신이 무척 고맙게 느껴지기도 합니다.

사람보다 소중한 존재는 없습니다. 서로 믿으며, 마음을 맡기며 살아간다는 건 참으로 아름다운 삶입니다. 괜찮은 사람을 만나려 애쓰기보다 내가 먼저 좋은 사람이 되면 그도 내게로 와서 좋은 사람이 되어줄 것입니다. 만남은 참으로 소중합니다. 누구를 어디서, 어떻게 만나느냐에 따라 우리의 삶은 지대한 영향을 받으니까요. 지혜롭게 그 만남을 잘 이어가야 합니다. 그도, 나도 행복할 수 있도록.

누군가에게 진정 좋은 사람으로 기억되도록 마음을 다잡는 날이 되었으면 합니다.＊

준비하는 삶

진정 아름다운 삶은 준비하는 삶입니다.

꽃이 어떠한 식물에 숨어 자신에게 어울리는 색깔을 정성스레 고르고 적절한 시기에 나타나 자신을 보여주려 고심합니다. 차분하게 준비에 준비를 거듭하면서 자신을 봐줄 이들에게 어떻게, 어떤 모습을 보여줘야 제일 아름다운지 생각합니다. 그러고 나서 드디어 아름다운 모습으로 피어납니다. 우리도 보다 아름다운 삶을 살기 위해서는 늘 준비하는 모습을 가져야 합니다.

신부의 가장 아름다운 모습은 식장에 입장하기 전에 곱게 화장하고 몇 번이고 머리를 매만지며 다소곳이 신랑에게 나아가길 기다릴 때의 모습입니다. 사실 신부가 예식장에 입장해 사람들에게 아름다운 모습을 보여주는 시간은 20여 분밖에 되지 않습니다. 하지만 그 준비 과정은 많은 노력과 시간을 필요로 합니다. 때로는 어느 정도의 아픔도 필요합니다. 그 짧은 아름다움을 드러내기 위해 더 많은 준비가 필요합니다.

우리의 삶에는 준비 과정도 결과만큼 중요하게 배분돼 있습니다. 준비 과정도 삶의 일부이기 때문입니다. 우리의 아름다운 모습들은 현실로 드러나거나 결과로 보여질 때의 모습이 아니라 준비하고, 기다리고, 뭔가를 꿈꾸고 있을 때의 모습일지도 모릅니다.

아름다운 미래를 준비하는 희망찬 날이 되시길 바랍니다. *

말, 행동, 그리고 마음

우리의 인격은 세 가지로 이뤄져 있습니다. 말, 행동, 그리고 마음입니다. 우리는 모두 누구를 만나 교제하게 되면 상대의 내면을 알고 싶어합니다.

우리의 만남이 올바른지 그른지, 좋은지 나쁜지를 좌우하는 것은 상대방의 내면세계입니다.

우리가 상대방을 알 수 있는 것은 우선 그의 말입니다. 그리고 그 사람의 외모입니다. 외모란 내면의 반영이라고 할 수도 있습니다. 내면을 조금이나마 엿볼 수 있는 것은 상대의 인상입니다.

말은 우리가 상대를 평할 수 있는 기준이 됩니다. 그러나 그 말을 다 믿을 수는 없습니다. 그 말에 이은 행동이 어떻게 나타나느냐가 중요합니다. 말은 행동에 앞선 선행 조건일 수도 있습니다. 물론 행동이 앞서는 경우도 있습니다. 말과 행동이 일치하면 우리는 어느 정도 그를 믿게 됩니다.

그리고 이제는 그 말과 행동이 언제까지 일치하는지를 봐야 합니다. 때로는 작전상의 언행일 수도 있기 때문입니다. 진정 우리가 만나고 싶어하는 사람은 시종일관 같은 모습의 사람입니다.

언제나 믿음이 가는 사람, 외로울 때, 슬플 때, 뭔가 하지 못한 속내 이야기가 넘칠 때 부담없이 불러내어 이야기를 나누고 싶은 사람을 우리는 찾고 싶어합니다.

그런 사람은 눈을 봐야 합니다. 눈은 마음의 창입니다. 그 눈을 들여다보면 진실이 보입니다.

눈이 맑고 다정하고 말벗이 될 만한 사람을 만나는 행복한 날이 되었으면 좋겠습니다.*

<h1 style="text-align:center">048
누군가를 위한다는 것</h1>

우리가 누군가에게 위로나 도움을 받기보다 누군가를 위로해줄 수 있다는 것은, 누군가를 기꺼이 도와주고 싶은 마음은 아주 아름다운 마음입니다. 누군가에게 관심을 가져줄 수 있고, 누군가를 배려할 수 있다는 건 우리가 그만큼 자신있고, 넉넉한 마음이 있다는 증거입니다.

약점이 많고 내세울 게 없는 사람은 어떤 방법으로든 자신을 드러내려 애쓰고 다른 사람을 배려할 줄 모릅니다.

누군가를 위로해주고 싶은 마음이 있을 때, 누군가의 슬픔으로 인해 대신 그 슬픔을 나누고 싶어질 때, 그래서 갑자기 콧등이 시큰해짐을 느끼며 눈물이 왈칵 솟구칠 때 우리는 우리 속에 맑고 지순한 영혼이 숨쉬고 있음을 알게 됩니다.

그때는 우리 자신도 이 땅에 존재할 가치를 느끼게 됩니다. 누군가를 위하는 마음이 있다는 것은 그만큼 우리를 행복하게 해줍니다.

사람들마다 중요시하는 것은 각기 다릅니다. 그것은 또한 상황에 따라 달라집니다. 어쩌면 그것은 보이지 않는 것일지도 모릅니다.

그 중요한 것이 쉽게 변해선 안 됩니다. 쉽게 변하는 것을 갖고 있다면, 그것은 집착이며 욕심입니다. 중요한 것은 내면에 감춰져 있어 쉽게 드러나지 않는, 모두를 위한 배려가 깃들여 있다는 것입니다.

누군가를 진정으로 사랑하고 있다면 그 마음은 그만큼 아프고 외롭습니다. 하지만 그 아픔은 아름다운 슬픔, 아름다운 고통이 됩니다. 그래서 우리는 누군가를 늘 사랑하지 않고는 견딜 수 없는 존재인가 봅니다. 오늘 하루쯤 진정 사랑하는 사람을 위해 아프지만 외로움을 견뎌서, 아름다운 사랑의 진실을 발견하는 기쁨을 누렸으면 좋겠습니다.✽

049

꽃이 아름다운 이유

* *

사랑은 수많은 것들 가운데 하나를 선택하는 것입니다. 그리고 그 선택한 것에 대해 끝없이 관심을 갖고, 자기 나름의 큰 의미를 부여하는 것입니다.

사랑은 선택된 하나를 중심으로 넓어집니다. 처음에는 그 하나만 소중하게 느껴집니다. 그리고 점차 주변에 있는 것들이 소중하게 여겨집니다.

아내가 마음에 들면 처갓집 말뚝을 보고도 절하듯이, 우리가 사랑으로 선택하기 전에는 의미없던 것들이 사랑의 대상이 되고 나면 의미를 갖게 되고, 중요한 가치를 얻게 됩니다.

우리는 누군가에게 기억되고 싶어합니다. 우리는 소중한 사람을 기억하고 싶어합니다. 기억되어지는 것, 기억하고 있는 것이 좋은 쪽이면 우리는 그것을 사랑이라 합니다.

그리고 세월이 흐릅니다. 그래도 기억에 남는 것이 있다면 그것을 추억이라 합니다. 하지만 기억이나 추억은 현재진행형이 아닙니다. 과거를 이야기하는 것입니다.

누군가 소중한 사람이 있나요! 누군가 오래 만나고 이웃하며 살고 싶은 이가 있나요! 누군가 가족을 이뤄 오래 함께 하고 싶나요! 그러면 우리가 먼저 정성을 다해야 합니다.

내가 먼저 그의 종이 되어야 합니다. 나 스스로도 다스리지 못하면서 상대를 잘 다스릴 수는 없습니다. 내가 먼저 숙이고 져주는 겁니다. 개인과 개인의 사소한 다툼에서는 지는 것이 이기는 것입니다. 그리고 그에게 관심을 갖는 겁니다. 처음엔 내가 그의 종이어도 나중엔 그가 나에게 와서 종이 됩니다.

'꽃이 아름다운 건 정성을 들인 시간이 아깝기 때문이에요'라고 어린 왕자가 내게 이야기해주었습니다. 작은 관심, 사소한 생각에도 사람은 곧잘 감동하고, 그것을 오래 기억하는 존재입니다. 주위에 있는 소중한 이들에게 진실이 담긴 따뜻한 위로나 격려를 보내는 날이 되었으면 좋겠습니다.

그런 마음으로 눈물 흘리는 소중한 하루 되었으면 좋겠습니다. *

050

사랑의 힘 · 1

수백만이 넘는 별들 속에 그런 종류로는 단 한 송이밖에 없는 꽃을 누군가가 사랑한다면 그 사람은 별들을 바라보기만 해도 행복할 거예요.

'저 하늘 어딘가에 내 꽃이 있겠지……'

이렇게 혼자 말할 거예요…….

—『어린 왕자』

사랑은 많은 것들 중에 하나를 선택하는 일입니다. 많다는 것에는 보통의 의미만 있습니다. 그 중에 내가 선택한 것이 내게로 와서 특별한 존재가 될 때 우리는 그것을 사랑이라 합니다.

우리의 삶도 마찬가지입니다. 의미있다고 생각하는 것들은 그만큼 가치를 갖게 됩니다. 그러면서 우리의 삶은 생기를 얻게 됩니다.

사랑이 없는 삶은 생기가 없는 삶입니다. 그래서 사랑하는 사람들의 눈빛은 더욱 영롱하고 아름다워 보입니다. 사랑하는 이들은 자신감이 있어 보입니다. 사랑의 불빛이 꺼진 이들의 눈빛은 뭔가 씁쓸하고 절망적으로 보입니다. 예전의 아름다운 눈빛이 아닙니다.

그래서 우리는 늘 뭔가를, 아니면 누군가를 사랑하면서 살아야 합니다. 사랑은 죽어 있는 것들을 산 것으로 느끼게 합니다. 그래서 시인의 눈에는 외로운 나무, 쓸쓸한 풀 한 포기, 그 말없는 것들이 살아 있어서 슬퍼하고 외로워하는, 생각하는 소중한 생명체로 보입니다.

사랑은 무의미한 삶을 생동감 있게 해주고 자신감 있게 살 수 있는 용기를 줍니다. 그러니 누군가를 많이 사랑해줘야 합니다. 그것이 누군가를 살게 하고 용기를 갖게 해주는 일입니다.

사랑하는 뭔가가 있는 사람은 행복합니다. 사람이든 일이든 사랑하며 사는 사람은 아름답습니다. 사랑받는 사람은 행복합니다.

그러니 먼저 당신의 사랑을 나누어주세요. 사랑은 당신에게 아름다운 꿈과 마음을 나누어줍니다.

오늘 하루 사랑의 대상을 찾아보세요.

사람을 사랑하는 일은 많은 이해와 노력, 정성이 필요합니다. 아픈 사랑이 싫으면 일을, 보상이 전제되지 않아도 좋은, 그냥 주는 것으로 만족하는 사랑을 시작하는 겁니다.

마지막으로 가장 편한 사랑이 있습니다. 신을 사랑하는 것입니다. 사람은 때로 우리를 배신해 아프게 하지만 신은 배신하지 않습니다. 사람은 필요할 때 불러도 오지 못할 수 있지만 신은 부르면 언제 어디서나 이미 내 마음에 와 있습니다. *

진정한 명상은 제대로의 정의를 가지고 세상을 살기 위한

용기의 씨알을 키우기 위한 침묵입니다.

침묵은 가장 강한 언어입니다.

명상은 세상을 극복하기 위해 자기를 이기는 일입니다.

051
마음을 열면

식물학자는 장미꽃을 분석할 때 무슨 성분으로 이뤄져 있으며, 무슨 색깔이 배합되어 있는지를 봅니다. 그는 장미꽃을 부분부분 세밀하게 분석합니다.

그러나 장미꽃의 아름다움이 어디서 오는지는 생각지 않습니다. 그는 어느 부분에 장미꽃의 아름다움이 있는지를 알 수 없습니다. 장미꽃을 이루고 있는 원소, 색깔, 빛과 향기만 알 뿐입니다. 아름다움은 구조와 원소, 무엇으로 이루어졌느냐에 달려 있지 않습니다. 아름다움은 마음의 눈으로 보는 것입니다.

아름다움은 분명히 존재합니다. 아름다움이란 부분부분을 연결해놓음으로써 전체가 되는 그것보다 더 아름다운 어떤 것입니다. 사물을 구성하고 있는 조직보다 더 높은 차원의 것입니다.

우리가 바라보는 아름다운 사람의 기준은 각자의 마음에 달려 있습니다. 운명처럼 다가와 아름답게 보이는 이가 있습니다. 남들이 보기엔 평범하고, 그 이하일지도 모릅니다. 그런데 내게는 소중하게, 아름답게 느껴지는 사람이 있습니다. 아름다움은 마음에 있는 것이기 때문입니다.

모든 세상을, 모든 사람을 아름답게 생각하는 하루가 되었으면 좋겠습니다. 이 세상엔 좋은 사람이 훨씬 많다는 믿음으로 마음을 열고 다정한 사람들의 소리에 귀기울이는 하루 되시길 바랍니다.✽

052

감사의 마음

우리는 가끔 감사의 마음을 잊고 삽니다. 사실 돌아보면 이 세상엔 모두가 감사할 조건밖에 없습니다. 내가 살아온 과정 하나하나가 감사할 일뿐입니다.

우리는 가족에 대한 감사의 마음을 가져야 합니다. 우리가 처음 결혼할 때는 사랑하는 마음이 있습니다. 하지만 그 마음을 이어가기란 여간 힘들지 않습니다. 결혼 전에는 장점이던 것이 결혼 후에는 단점으로 보입니다. 잠이 많은 애인에겐 '미인은 잠이 많은 거래'라고 하지만 잠이 많은 아내에겐 '여자가 게을러서 말야'라고 말합니다. 그것이 연애와 결혼의 차이점입니다.

결혼은 연애의 끝이자 아름다운 시작입니다. 서로가 하나 되려는 마음의 고통을 겪고 나서야 온전한 하나가 될 수 있습니다. 우리는 사랑하기 때문에 결혼합니다. 그러나 그 사랑은 결혼과 동시에 사랑으로 머물러 있지 않습니다.

결혼과 동시에 우리는 그 사랑을 서로에 대한 감사의 마음으로 바꿔야 합니다. 그가 나를, 내가 그를 선택했다는 감사로 시작해 서로를 향한 감사의 마음을 찾으려 노력해야 합니다. 그것이 행복을 영위하는 비결입니다.

사랑할 때 모든 것이 아름다워 보이듯, 결혼하고 나면 모든 것을 감사로 봐야 합니다. 아내가 반찬을 잘 못하면 경제적으로 절약이 되니까 감사해야 합니다. 아내가 잠이 많으면 나만의 시간을 많이 할애해주니까 감사해야 합니다. 아내가 생활력이 약하면 그 낙천적인 성격에 감사해야 합니다.

감사와 불평은 사소한 생각의 차이일 뿐입니다. 같은 조건이라도 감사로 여기는 이가 있는가 하면, 불평하는 이가 있습니다. 모든 일에 감사하는 마음을 가져야 우리는 행복할 수 있습니다.

나는 아내에 대한 고마움을 갖고 있습니다. 나를 선택해준 것에 대하여. 지금껏 어려움을 불평 없이 참고 지내오면서 함께 한 날들, 그것은 마음에 흐르는 조용한 사랑 없이는 불가능합니다.

나를 둘러싸고 있는 가족들에게, 알고 지내는 모든 이들에게 감사의 마음을 가졌으면 좋겠습니다.*

053
산 속의 평화로움

오늘은 아주 편안한 마음으로 나의 산 이야기를 들려드릴까 합니다.
정상에 오르니 햇빛이 나무 뒤로 숨어서 한결 시원합니다. 산 위에 올라 돌 위에 누운 채로 올려다보는 하늘은 유난히 아름답습니다. 오랜만에 느껴보는 평온한 마음입니다. 저 밑 세상에서는 전혀 맛볼 수 없는, 고요한 평화로움을 만끽합니다.

바람이 살며시 불어 도토리나무 잎사귀를 가만히 흔듭니다. 나뭇잎들이 부딪쳐 미묘한 소리를 냅니다. 여인네의 비단옷 자락 스치는 소리보다 감미로운 소리입니다.

이 바람, 바람결에 느껴질 듯 말 듯한 푸르른 초향이 코끝을 간질이며 지나갑니다. 다람쥐 한 마리가 놀란 듯 귀를 쫑긋하며 달아납니다. 새가 고목에 매달려 벌레 파먹는 소리가 다다닥 소리를 냅니다.

이 높은 곳까지 어찌 찾아왔는지 내 땀내음을 맡고 왱왱거리며 파리들이 시비를 겁니다. 나를 성가시게 하는 유일한 존재들입니다. 좀 징그럽게 생긴, 보통파리보다 좀 큰 놈인데…….

바람소리, 풀벌레소리, 새들의 즐거운 지저귐이 모여 이 고요함 속에서 평화로운 웅성거림을 만들어냅니다. 조용히 풍기는 푸른 향기, 햇살이 머물러 풍겨내는 초록들이 타는 내음입니다.

하늘엔 드문드문 구름들이 뭔가 내게 보여줄 듯 서로 교차되면서도 그 뒤에 감춘 이야기는 끝내 드러내지 않습니다.

한 사람이 지나갑니다. 세 사람이 떼지어 지나갑니다.

정상 위에 있는 돌, 혼자 누워 하늘을 바라보기에 적당한 크기의 돌, 그 위에 누웠다가 마치 신선이라도 된 양 가부좌를 하고 앉았습니다.

사람들이 사는 마을에서는 느낄 수 없는, 아주 평화롭고 형언할 수 없이 아름다운 숲 속입니다. 사랑하는 사람과 함께 보고 싶은 아름다운 정경입니다.

평화로운 지저귐, 마냥 평온한 산 속의 모습, 그 느낌들을 모두에게 전할 수 없어 안타깝습니다. 이렇게 평온하고 행복한 마음으로 세상을 볼 수 있는 나는 신의 축복을 받은 행복한 사람입니다. 나에게 행복을 주는 신에게, 행복을 전해주는 소중한 사람들에게 감사합니다.*

054

큰바위얼굴이 그리운 아침

산은 누가 찾아가도 거부하지도, 특별히 환영해주지도 않습니다. 누구든 똑같이 맞아줍니다. 사람들은 그래서 산을 사랑합니다.

그런데…… 사람들은 자신이 마음에 들지 않으면 외면합니다. 가까이 다가오지 못하게 합니다. 가까이 지내던 사람도 마음에 안 들면 싸움을 겁니다.

그리곤 마음의 문을 닫아버립니다. 그 닫아버린 마음의 문은 좀체 열리지 않습니다. 철문보다 더 열기 어려운 것이 마음의 문입니다. 철문이야 도구로 부수어 버릴 수 있지만 마음의 문은 부수어 버릴 수 없습니다 마음의 문을 여는 데는 진실밖에 없습니다. 마음은 마음으로 열어야 합니다. 마음의 문을 여는 데는 권력으로도, 돈으로도 안 됩니다. 진실이 담긴 눈물이 가장 훌륭한 도구입니다.

우리는 지금 얼마나 진실하게 살고 있을까요? 나에게 득이 되도록 마음을 갖지는 않았나요. 상대는 자신의 것에 대한 욕심을 버리고 내게 다가오길 바라면서 내 것은 다 가진 채로 그의 것을 공유하려는 욕심을 갖고 있지 않았나요.

이제 머지않아 가을이 다가옵니다. 겨울을 맞으려고 나무가 잎사귀를 버리듯 내 마음의 오욕들을 훌훌 털고 싶습니다. 간단한 소지품만 챙긴 다음 사람이 없는 곳으로 떠나 나에게 많은 이야기를 하고 싶습니다.

* *

나의 이기적인 마음과 위선으로 분칠한 내 모습을 버리고 오고 싶어집니다.

근엄한 링컨의 얼굴보다 큰바위얼굴의 어니스트가 그리운 아침입니다.

그를 닮고 싶은 간절한 아침입니다.

나로 인해 행복한 사람은 있어도 마음 아픈 사람은 없기를 조용히 기도해봅니다.

오늘 하루라도 진실한 마음으로 살아보려 노력했으면 좋겠습니다.*

055

고통 뒤의 기쁨

적당한 고통은 아름답습니다. 진정한 사랑에는 고통이 따르게 마련입니다. '사랑이 깊으면 외로움도 깊어라'라는 노래 가사처럼.

고통은 우리에게 삶의 활력소가 됩니다. 늘 고요한 삶은 무미건조합니다.

때로는 자기 단련을 위해 육체에 고통을 가해보는 것도 건설적일 것 같습니다. 언제든 멈출 수 있는 고통이라면, 머지않아 끝나는 고통이라면 아름다운 고통입니다.

오늘은 사랑하는 사람을 위해 약간의 고통을 감수해보세요. 내 일을, 내 상황을 생각하기에 앞서 상대의 일과 상황을 먼저 이해해주세요.

그리고 지금 겪고 있는 이 고통, 이 외로움이 아름다운 환희로 다가온다고 생각해보세요. 그 고통은 괴롭지 않고 오히려 기쁩니다.

아주 무거운 짐을 지고 가파른 고갯길을 오르는 짐꾼은 고갯마루에 올라 서낭나무 아래 지게를 받쳐놓고 시원한 한 줄기 바람을 기대하며 땀의 고통을 이깁니다. 그리고는 무거운 짐을 내려놓고 이마에 맺힌 땀을 주먹으로 쓱 훔칠 때의 기쁨…….

기쁨은 언제나 고통 후에 오기 때문에 더 아름답습니다. 고통을 싫어하는 사람은 그래서 행복할 자격도 없습니다. 고통이 있기에 그 보상으로 행복이 있습니다.

* *

보다 아름다운 미래를 위해 조금은 힘들고 아픈 일이 있어도 잘 참는 하루였으면 좋겠습니다.

'잘 지낸 하루는 평온한 잠을 이루게 하고 잘 보낸 인생은 행복한 죽음을 가져온다'고 누군가 말했습니다.

오늘 저녁엔 평온한 잠을 이루었으면 좋겠습니다.*

인과관계

무엇이든 인과관계가 있게 마련입니다. 뿌리 없는 나무는 없습니다. 줄기 없는 뿌리는 아무런 의미가 없습니다.

씨앗은 나무의 시작입니다. 씨앗이 없다면 나무는 존재할 수 없습니다. 나무 역시 씨앗 없이는 존재하지 않습니다.

물론 씨앗의 형태만 씨앗이라 하지 않습니다. 모든 것의 근원이 되는 것을 씨앗이라 합니다. 나무와 씨앗은 깊은 관계에 있습니다. 그들은 한몸입니다. 씨앗은 아주 작지만 나중에는 아주 큰 나무가 될 수 있습니다.

독약도 어느 순간에는 명약이 되고, 명약이 독약이 될 수도 있습니다.

삶과 죽음은 동전의 양면과 같습니다. 삶이 없으면 죽음이란 말도 생겨나지 않았을 것입니다. 죽음이 없다면 삶이란 말의 의미를 알 수 없었을 것입니다.

모든 것, 서로 반대되는 것은 같은 에너지의 양면에 불과합니다.

밤과 낮, 사랑과 미움, 그리고 남성과 여성, 이성과 감성, 그 모두는 동일한 것의 양면일 뿐입니다.

그 모두를 부정하지 않고 인정할 때 정의가 실현됩니다.

하루의 시작입니다. 정성스럽게 행동의 씨앗을 고르고 행동의 근원이 되는 마음밭에 참된 것을 심는 하루가 되어야겠습니다.

기왕이면 긍정, 사랑, 신뢰의 씨앗을 심고 희망이라는 미래의 밭을 갈러 달려가는 아침이 되었으면 합니다.＊

희망 있는 내일

참 타이트하게 인생을 살아온 것 같습니다. 친구들이 나를 보면 숨이 막힌답니다. 늘 바쁘게 사는 모습이 안됐나 봅니다.

하지만 나는 일을 사랑하고, 사람을 사랑하고, 이 세상에 존재하는 것들을 사랑합니다. 혹은 바쁘게 사랑하는지도 모릅니다. 일이 없으면 만들어서라도 하니까요. 인생이 짧다기보다는 그 시기를 놓치면 할 수 없어서…… 내가 욕심이 많은 탓입니다.

내게 남아 있는 시간이 얼마나 될지, 일할 수 있는 시간이 얼마나 주어질지, 내가 삶을 마무리하는 순간까지 일할 수 있었으면 좋겠습니다.

정말 아름다운 삶을 살다 간 사람이 있었다고, 누군가 기억해줄 수 있다면 난 행복할 겁니다.

어느 인디언 추장의 말이 유난히 마음에 와 닿습니다.

'내가 처음 세상에 태어났을 때 나는 울고 있었고, 당신들은 웃었습니다. 내가 세상을 떠날 때 당신들은 울고, 나는 웃을 수 있기를…….'

'지난 일은 후회하지 말라. 앞일을 믿어라'고 최남선 님이 말했듯이, 지난 것은 아무리 애써도 되돌릴 수 없으니 내게 다가오는 일에 시행착오 없이 노력하면 됩니다.✱

맑은 가을하늘처럼

조금 있으면 하늘이 깨어질 듯 맑겠지요. 맑은 하늘처럼 우리 마음도 맑았으면 좋겠습니다. 근심, 아픔의 구름들을 바람에 다 실어보내고 청아한 가을하늘을 닮는 마음이었으면 좋겠습니다.

가을이 오면 근심이라곤 없는 맑은 마음으로 정겨운 목소리를 담아 평소 잊고 지냈던 이들, 고마운 이들, 윗분들에게 전화라도 드리면 좋겠습니다. 기왕이면 모처럼 펜을 들고 정성을 담아 편지를 쓰면 더욱 좋겠습니다.

우리는 사람들을 잊고 살 때가 많습니다. 평소 잊고 지냈던 이들을 떠올리며 혹 메모해둔 연락처라도 있으면 전화를 하는 겁니다. 무척이나 반가워할 겁니다.

우리의 삶은 결코 길지 않습니다. 기왕이면 사람들과 정겹게 어울려 살았으면 좋겠습니다. 내가 좋아하는 사람들이 많은 마을은 살 만한 곳입니다. 내가 미워하는 사람들이 많으면 사는 게 싫어집니다.

사랑하며 살자고요. 좋은 감정으로 살자고요. 우리에게 남은 추하고 부정적인 언어와 마음을 떠나보내고, 오늘부터는 사랑이 담긴 아름다운 미소로 다가오는 시간을 소중하게 관리하며 살았으면 좋겠습니다.✽

어머니

****

어머니는 너무너무 고생을 많이 하신 분입니다. 7남매를 기르셨는데, 나를 포함해 다섯 명을 초등학교까지만 보내거나 못 보냈으니…….

그런 어머니가, 고생만 하시던 어머니가 재작년에 눈병을 앓았습니다.

그래서 시력을 잃게 될 뻔했는데, 다행히 지금은 간신히 알아보시는 정도입니다.

늘 보던 세상이 안 보일 때의 절망감…… 어머니의 손을 잡고 전 얼마나 흐느껴 울었는지 모릅니다. 어머니가 슬퍼할까봐 울지 않으려 했는데, 그럴수록 어깨가 더 들썩거려졌습니다. 오히려 어머니가 절 위로해 주었습니다.

어머니, 우리 어머니, 여러분의 어머니는 참 소중한 분입니다. 전 아직 어머니에게 말대꾸 한 번 안 했는데도, 왜 그런 어머니의 모습에 마음이 아리고 죄책감이 앞서는지 모르겠습니다.

전 스물세 살 때까지 시골에서 농사를 지었습니다. 어느 날 김을 매다가 큰 거미의 껍데기를 본 적이 있습니다. 그 안에 수백 마리쯤 되어 보이는 새끼 거미들이 오글거리고 있었습니다.

어머니가 내게 말했습니다. 이 거미들은 어미를 다 파먹고 나서 '야, 우리 어머니 잘 날아간다'라며 공중으로 날려버린다고 말입니다.

거미는 자신의 몸을 바쳐 자식에게 헌신하는 어머니의 좋은 상징인 것

* *

같습니다. 어머니에게 꾸중이나 미움을 많이 받는다고 생각하는 사람들도 있지만, 세상에 자식 미워하는 부모는 없습니다.

그분들의 마음을 우리가 헤아리지 못할 뿐입니다.

이제 우리의 어머니는 얼마 동안이나 우리와 함께 계실지 모릅니다. 살아 계실 때 좀더 관심을 갖고 외롭지 않도록 이야기도 많이 해드리고, 이야기도 많이 들어주는 자식들이 되어야 합니다.

오늘은 어머니를 생각하며 마음으로 불러보는 거예요. 살아 계시든 하늘에 계시든 조용히 어머니, 어머니, 어머니, 세 번만 불러보세요.

오늘 하루라도 가을하늘처럼 맑게 열리는 마음으로 세상을 보았으면 좋겠습니다.*

060

아버지

****

가을이 되니까 이런저런 사람들이 생각납니다. 맑은 하늘을 보면 눈물도 납니다. 오늘은 아버지 이야기입니다.

우리 아버지는 무지하셨지만 남에게 해가 되는 일보다 궂은 일을 대신해주며 그걸 기쁨으로 알고 사셨습니다. 화전밭 일구어 평생 농사꾼으로 사셨습니다.

그런데 효도한답시고 형들이 서울로 모셨습니다. 서울로 온 이후 아버지의 유일한 즐거움은 오류동 뒷산에 있는 약수터에 가장 먼저 오르는 것이었습니다. 누군가 새벽 4시 반에 와 있으면 다음날은 4시에 1등으로 가시곤 그걸 자랑으로 삼으셨습니다.

삼겹살을 무척이나 좋아하셨는데, 실컷 드시지도 못하고 지금은 좋은 나라로 가셨습니다. 하늘나라엔 삼겹살이 없다던데……. 그땐 내가 구로공단에서 잔업까지 해야 12만원밖에 못 받던 시절이라 아버지를 제대로 모시지도 못했습니다.

나는 배운 것도 없고, 아버지에게 잘 해드릴 방법도 없었습니다. 그렇게 평생 고생만 하셨는데……. 그런데 하나님은 착하고 순박한 이라고 해서 오래 살게 하는 건 아닌 것 같습니다. 오히려 고생 덜하라고 일찍 불러가는 게 아닌지 모르겠습니다. 그래선지 아버지는 위암으로 가셨습니다.

늦긴 했지만, 학사모를 꼭 씌워드리고 싶었는데……. 벌써 13년이 지났는데도 아버지는 가끔 내 기억 속으로 찾아오십니다. 그래서 고기를 먹을 때면 아버지 얼굴이 문득 떠오릅니다.
너무도 가난했지만 정직하게 사신 아버지.

흙 묻은 손으로
눈물을 훔치는 아이처럼
눈가의 이슬을 손으로 지우고
하늘을 보니
구름 한 점 없는 빈 하늘

하늘이 비어갈수록
온통 파랗게 비어갈수록
그토록 깨져버릴 듯한
맑은 하늘을 보니 눈물이 납니다.

가을이 다가와서
구슬픈 노래를 불러주면
아리게 살아나는 그리움으로
먼 하늘을 바라보노라면

* *

곱게 수놓였던 추억들이

뭉게구름 되어 먼 산 너머로,

먼 산 너머로 사라져 숨고

저 홀로 비어가는 하늘

혼자 되어 비어가는 하늘

하늘이 너무 맑아 눈물이 납니다.

괜히 쓸쓸한 이야기를 한 것 같습니다. 하지만 아무리 미워도 부모님은 소중합니다. 그러니까 부모님께 늘 감사의 마음을 가져야 합니다. 우리가 그분들께 섭섭했던 부분들은 교훈으로 삼아 우리 아이들에게는 좋은 부모가 되어야 합니다.

그분들이 우리보다 덜 배워서 무지해도 우리는 존중해야 합니다. 늘 고마운 마음을 갖고 살아야 합니다. 그러지 않고 말대꾸를 하거나 제멋대로 행동하면 그분들은 오히려 우리보다 강아지를 더 좋아할지도 모릅니다. 강아지는 절대로 주인을 거역하지 않고, 필요할 땐 항상 품안에 있어주니까요.

오늘 하루라도 강아지보다 나은 자식이 되었으면 좋겠습니다. *

061

운명적 만남

우리는 늘 사람들 사이에서 삽니다. 때로는 사람들을 피하고 싶을 때가 있습니다. 눈물나게 고마울 때도 있습니다. 그렇게 우리는 사람들과 만나고 좋은 일로, 때로는 미운 일로 헤어지기도 합니다. 그리고 이 만남들은 우리의 의도대로 되지 않습니다. 알 수 없는 운명에 이끌리는 것 같습니다.

아무리 많이 만나도 의미없는 이가 있습니다. 단 한 번의 만남으로 커다랗게 나를 차지하며 운명처럼 다가오는 이도 있습니다.

내가 합정동으로 2년여 동안 출근할 때가 있었습니다. 그런데 시청역에서 늘 같은 시각에 나와 함께 전철을 타는 아가씨가 있었습니다. 그러나 방향이 같은데도 말 한마디 나눈 적이 없었습니다.

그렇게 2년 동안 매일같이 그 아가씨와 스쳐갔습니다. 그 아가씨는 늘 누군가에게 전화를 하곤 했습니다. 그래서 어디서 만나도 얼굴은 기억하지만 말을 나눈 적은 한 번도 없었습니다.

그렇게 우리는 의미없이 잊혀져갑니다.

반면 우연히, 아주 우연한 한 번의 만남으로 서로가 잊지 못할 운명으로 엮어지는 경우도 있습니다. 내 삶의 새로운 전환점이 될 수도 있습니다.

원하든 원치 않든 사람을 만나는 일은 매우 중요합니다. 가전제품은 한 번의 선택으로 10년 동안 사용하지만 삶의 선택은 평생 동안 이어집니다.

만남!

그 일로 우리는 값지고 아름다운 인생을 살 수도 있고, 황폐하고 지긋지긋한 삶을 이어갈 수도 있습니다. 이 문제에 있어 우리는 아주 신중하고, 그러면서도 진실의 문을 열어야 하는 기로에 섭니다.

살아가면서 늘 아름다운 사람, 좋은 사람만 만났으면 좋겠습니다. 그를 만나 삶이 윤택해지고 행복해졌다는 고백이 10년 후쯤 나올 수 있었으면 좋겠습니다.

오늘 하루라도 좋은 사람들만 골라 만나보는 하루였으면 좋겠습니다.*

사악함

* *

사악함이 없어야 진정한 생각입니다.

사악함이 없어야 진정한 우정입니다.

사악함이 없어야 진정한 사랑입니다.

사악함이 없어야 진정한 성입니다.

사악함이 없어야 진정한 대화입니다.

사악함이 없어야 진정한 비즈니스입니다.

사악함이 없어야 진정한 노사관계입니다.

사악함이 없어야 진정한 효도입니다.

사악함이 없어야 진정한 만남입니다.

우리는 사악함이란 위선의 가면을 벗어 던져야 합니다. 누구를 만나고, 효도를 하고…… 그러한 일들 속에 다른 의도가 개입되면 안 됩니다. 다른 의도를 숨기고 접근하거나 부가적으로 뭔가를 얻으려 하는 것이 바로 사악함입니다.

우리의 삶은 결코 길지 않습니다. 좋은 일로, 사랑하는 일로, 베푸는 일로만 살아도 모자랍니다. 부정적이고, 미워하고, 남을 괴롭히는 일들을 마음에서 몰아내며 살았으면 좋겠습니다. 누구를 만나든 무슨 일을 하든 오늘 하루라도 다른 의도 없이 투명한 마음으로 만나 아름다운 영혼의 교감을 나누었으면 좋겠습니다.✱

진흙에서 피는 연꽃처럼

우리는 그 어느 것도 비난해선 안 됩니다. 비난은 어리석은 짓입니다. 비난은 발전할 수 있는 자신의 가능성을 부정하는 것입니다.

진흙을 보면 지저분해 보입니다. 하지만 연꽃은 진흙 속에 숨어 있다가 아름다운 꽃을 피웁니다. 겉으론 더러워 보이지만 그 진흙 속에는 꽃을 피워낼 만한 자양분이 있습니다.

연꽃이 진흙에서 피어나듯, 우리도 우리의 단점을 장점이 되도록 이용해야 합니다. 물론 진흙은 아직 연꽃이 아니지만 얼마든지 연꽃을 피게 할 수 있습니다. 우리는 세상에 존재하는 것들을 새로운 것, 건설적인 에너지로 바꿀 수 있는 잠재능력이 있습니다.

우리는 누군가를 추하다고 비난하기 전에 그들의 유용성이 무엇인지를 알고, 올바른 방향으로 인도하는 것이 좋습니다. 이 세상에 존재하는 것은 모두 그 나름의 존재가치를 지니고 있습니다.

그러므로 우리는 그 누구를 비난해도 안 되고 과소평가해서도 안 됩니다.

우리는 사람들 속에서 살고 있습니다. 어느 날 모든 사람이 사라진다면, 그리고 혼자만 남는다면 우리의 삶은 어떨까요! 외롭고 슬프고 사람이 그리울 테지요.

지금 옆에 누가 있나요! 이 순간엔 그 사람만이 가장 소중합니다. 오늘 하루라도 사람을 믿고 사람을 소중히 여기는 하루가 되었으면 좋겠습니다. 미움이든 오해든 멀어져간 이들을 용서하고 열린 마음의 기쁨을 맛보는 하루였으면 좋겠습니다.*

064

도전정신

'술잔은 비록 작으나 물에 빠져 죽는 사람보다 술잔에 빠져 죽는 사람이 더 많다'는 말이 있습니다.

일이 안 풀릴 때면 곧잘 술 생각이 납니다. 술을 마시고 취하면 그 일을 잊고 아무렇게나 잠듭니다. 그리고 아침이 되면 그 일은 여전히 해결되어 있지 않고 몸만 지치고 맙니다. 술을 마시면 어느 정도 과감해집니다. 하지만 그것은 이성이 없는 용기라 일을 그르칩니다.

삶이 힘겨울수록 눈을 크게 뜨고 이를 악물고 살아야 합니다. 삶은 우리에게 주어진 숙명입니다. 그것을 피할 수는 없습니다. 그 순간을 잊는다고, 그 순간을 피한다고 문제가 해결되지는 않습니다. 직접 부딪쳐서 문제를 풀어가야 합니다.

술은 우리의 정신을 흐릿하게 합니다. 그래서 서서히 우리의 판단력을 흐리게 하고 점차 기억력을 감퇴시키는, 기분 좋은 독약입니다. 삶이 힘겹더라도 술기운으로 넘으려 하지 말고 영롱한 정신으로 죽는다는 각오로 문제에 도전해야 합니다. 분명 희망이라는 등불이 여러분 앞에 나타나 영롱한 마음의 길을 보여줄 것입니다.

문제는 풀라고 주어진 것입니다. 묻어둔다고 문제가 풀리지는 않습니다. 맨 정신으로 문제에 과감하게 도전하며 살았으면 좋겠습니다.

썩은 부위를 도려내지 않으면 그 과일은 전체가 썩습니다. 상한 몸을 방

* *

치해두면 그 독이 온몸으로 퍼져 불구로 만들고 우리의 생명을 위협합니다. 그 부분을 과감히 도려내야 합니다. 그 고통을 감수해야 그 부위에 새 살, 아름다운 새 살이 돋아납니다.

고통을 겪고 난 다음에 오는 기쁨은 훨씬 더 큽니다. 작은 문제든 큰 문제든 우선순위를 정해 깔끔하게 해결해보는 날이 되었으면 좋겠습니다. 잊을 건 잊어버리고 버릴 건 버리는 삶, 우리 삶의 병든 부위를 도려내는 아픈 수술을 시작하는 날이 되었으면 좋겠습니다. 오늘은 아픔으로 울지만 내일은 흡족한 미소가 분명 여러분의 입가를 찾아갈 것입니다. 뭔가에 도전하는 날이었으면 좋겠습니다.*

065
긍정적인 생각

서로가 고마워하며, 사소한 일에서 기쁨을 찾아내는 거예요. 누군가에게 고마워하는 마음으로 하늘을 보세요. 하늘이 훨씬 맑게 보일 것입니다.

내게 기쁨이 없는지, 정말 기쁠 만한 일이 전혀 없는지 찾아보는 겁니다. 그러면 기뻐할 일이 분명 있습니다.

오늘은 기뻐할 일과, 누군가에게 고마워해야 할 일이 없는지를 찾아보는 하루가 되었으면 좋겠습니다.

오늘의 좋은 마무리는 다음주의 신나는 시작으로 이어질 겁니다. 아무리 좋은 말을 해줘도 내 마음이 슬프면 그 소리는 헛소리로 들립니다. 하지만 우리는 억지로라도 기뻐하고 고마워하며 살아야 합니다.

자기 자신을 긍정적으로 세뇌시키는 일이 자신을 소중히 여기는 것이며 자신을 사랑하는 일입니다. 자신을 소중히 여기지 않으면 누군가를 사랑할 수도 없고, 늘 마음이 무겁고 우울합니다.

내 삶의 주인공은 분명 나이며, 내 삶은 내가 책임져야 한다는 생각으로 자신을 이기는 하루였으면 좋겠습니다.*

066

나이를 먹는다는 것

젊음은 그 자체만으로도 아름답습니다. 그래서 그다지 꾸미지 않아도 봐줄 만합니다. 나이가 들수록 피부도 노화되고 조금씩 추해집니다. 그래서 아줌마들은 교양을 잃어버리고, 아저씨들은 능글능글해지며 체통이 없어집니다.

나이가 들수록 보다 품위 있고 나이에 걸맞게 중후한 멋을 풍기며 살았으면 좋겠습니다. 아줌마, 아저씨이기보다 격이 있고 자상하고 근엄한 모습을 보여주는 괜찮은 아버지, 어머니로 살았으면 좋겠습니다.

젊었을 때보다 힘이 빠지고 삶에 찌들어 짜증이 나겠지만, 공공장소에서도 의연함을 갖는 모습을 보여주었으면 합니다.

나를 먼저 생각하지 않고 주위를 먼저 돌아보는 여유를 가져야 합니다. 빈자리를 향해 돌진하는 아줌마가 되지 말아야 합니다. 여자들에게 치근대는 아저씨로 살지 말아야 합니다. 당당하고 자신감 있는 아저씨, 아줌마가 그리운 시대입니다.

나는 늘 아무렇게나 옷을 입고 다녔습니다. 나를 아는 사람은 이해해주겠거니 했고, 모르는 사람은 관심조차 없으니 괜찮겠다 싶었습니다. 그런데 요즘은 옷차림에도 신경을 씁니다.

그것이 주변 사람들에 대한 배려라는 생각이 들기 때문입니다. 누구나 좋은 인상을 가진 사람에게 관심을 갖게 마련입니다. 추한 사람에겐 가까이하려 하지 않습니다. 나이가 들면 자연스레 추해지기 때문입니다.

나이가 들면서 다른 이에게 어떻게 보여지느냐도 중요합니다.

만나는 이들이 불쾌해하지 않게 하는 배려이기도 합니다. 그 나이에 걸맞는 멋을 만들어가는 일도 중요합니다.

나이만큼 삶의 경륜도 쌓입니다. 교양과 품격을 갖춰 '저 사람, 곱게 나이 먹어가는구나', '저 사람 참 곱게 늙어가는구나'라는 소리를 들으며 살았으면 좋겠습니다.

중년을 아름답게 가꾸는 이들이 많아질 때 이 사회는 건강하게 살아 움직입니다. 너무 위축되어 집에만 안주하면 이 사회는 침체됩니다.

지금 젊음을 만끽하는 이들도 중년의 날은 금방 찾아옵니다. 그날을 준비하면서 늘 아름다운 생각과 밝은 미래를 꿈꾸며 도전적으로 살았으면 좋겠습니다.

중년이 되어 자기 앞에 무슨 일이 놓이면 망설입니다. 지금 도전해야 합니다. 지금 일을 저질러보는 겁니다.

패기 있고 도전적인 젊음, 중후한 멋을 풍기는 중년, 삶을 진지하게 수용하는 노년……. 이런 삶의 연속을 준비하고 꿈꾸며 실천했으면 좋겠습니다.*

067

지금 이 순간

제가 처음 출판계에 들어와 책 배달을 할 때입니다. 그 당시 나와 같은 일을 하는 친구가 있었습니다. 하루종일 바쁘게 여기저기 책을 배달하고 나서 저녁이 되면 녹초가 되곤 했습니다.

그 친구는 찬밥을 먹으면서도 땀을 흘렸습니다. 그러기에 일을 하면서도 땀을 무척 많이 흘렸습니다.

그런데 지난해 겨울, 그 친구와 10여 년 만에 만났습니다. 아직도 작업복 차림으로 막노동을 하며 살아가고 있는 그 친구를 보면서 안타까운 생각이 들었습니다. 아직 결혼도 못한 채로.

나와 같은 시기에 같은 일을 시작했고 같은 세월을 흘려보낸 지금, 그 친구와 나는 확연히 다른 삶을 살고 있습니다. 그동안 나는 일하면서 작품활동을 했고, 공부도 끝까지 했습니다.

물론 성공의 기준을 공부나 명예로 판단할 수는 없습니다. 하지만 일반적인 사회 통념으로 볼 때 저는 성공적인 삶을 살았다고 할 수 있습니다.

우리가 무심코 보내는 시간은 매우 중요합니다. 별것 아닌 걸로 생각하지만 그 순간들이 쌓여 하루가 되고, 1년이 되고, 10년이 훌쩍 지납니다. 그 흐름 속에서 얼마나 열심히 살았느냐가 가려집니다. 2~3년 동안은 별다른 차이가 나지 않지만 수년이 지나고 나면 순간을 소중히 여기며 산 사람들과 의미없이 보낸 사람들의 차이는 점점 커집니다.

늦었다고 생각하는 순간 뭔가 시작해야 합니다. 시작이 있으면 무슨 일이든 진행되게 마련입니다. 지금 망설이며 허송세월을 보내고 있다면 방향을 과감히 전환해 제대로의 길을 가야 합니다.

지금 열심히 살지 않으면 먼 훗날 나보다 열심히 산 사람과 내가 비교될 때 후회하게 될 것입니다. 한 날, 한 날은 별다를 게 없어 보입니다. 하지만 그 날들이 쌓여 10년이 지났을 때 내 모습을 상상해봐야 합니다. 그 모습이 당당해지려면 지금 도전해야 합니다.

어떻게 살아왔느냐는 중요하지 않습니다. 어떻게 살아갈 것이냐가 중요합니다. 지금 만남의 선택, 일의 선택을 잘해야 10년 후 밝게 웃을 수 있습니다.

지금의 만남이 뭔가 찜찜하다면 주위의 모든 사람들을 배제하고 나와 그만의 문제이며, 그 일과 나만의 문제임을 생각해 아주 신중하고 소중한 삶의 선택을 해야 합니다. 지금의 선택들이 미래를 결정하는 씨알이기 때문입니다.

시간을 소중하게 여겨 아름다운 미래를 준비하는 삶을 살았으면 좋겠습니다.*

068

한 번 더 생각하면

무슨 일을 하든 생각을 하며 살아야 합니다. 아무 생각 없이 세상을 산다는 건 무의미합니다.

인간은 먹고, 잠자고, 마시고, 일하는 일상적 삶만 부여받은 것이 아닙니다. 그것은 마치 동물들과 별로 다를 바 없는 삶입니다.

우리가 다른 동물들과 구분되는 것은 생각할 수 있는 힘이 있기 때문입니다.

생각은 자신과의 대화입니다. 자신을 비춰보는 거울과 같습니다. 아무리 많은 고생을 하며 젊은 날을 살았어도 생각 없이 하는 고생은 헛수고가 되고 맙니다. 생각하며 하는 고생은 훗날 삶을 사는 데 많은 도움을 줍니다. 그래서 젊어서의 고생은 사서도 한다는 옛말이 있습니다.

생각 없는 시행착오는 거듭될 뿐입니다. 생각하면서 하는 시행착오는 다시 되풀이되지 않는 교훈을 가져다줍니다.

순간순간 우리는 많은 선택을 합니다. 그 선택에 앞서 한 번 더 신중하게 생각해야 합니다. 그 선택들이 나의 삶을 온통 바꿔놓을 수도 있기 때문입니다.

삶 자체가 고행이며 고생이라 해도, 생각하며 느끼는 고생은 아름다운 미래의 밑거름이 됩니다. 아무리 많은 고생을 해도 힘들다는 생각밖에 하지 못한다면 미래는 암울할 뿐입니다.

무슨 일이든 누구를 만나든 무슨 결정을 하든 한 번 더 생각하고 행동하며 살았으면 좋겠습니다. 생각 없이 뛰어드는 것이 처음엔 빠른 것 같지만, 나중엔 한 번 더 생각하고 하는 일이 앞서게 됩니다.
생각을 가지고 하루를 여는 아침이 되었으면 좋겠습니다. '인내는 쓰다. 그러나 그 열매는 달다'는 명언을 들려주고 싶은 아침입니다. 우리는 모두 행복할 자격이 있으니 행복했으면 좋겠습니다.*

069

구속하는 않는 사랑

엊그제 길을 가다가 새를 파는 가게를 지났습니다.

새들이 새장 안에서 노래를 부르고 있었습니다. 새들이 새장 안에서 울고 있었습니다.

주인이 주는 모이만 바라며 편안히 살려는 새는 즐거이 노래를 부르고 있을 겁니다. 반대로 자기의 본질을 찾으려는 새는 푸른 창공을 보며 울고 있을 겁니다.

그렇습니다, 진정한 사랑은 새장 안에 새를 가두는 것이 아니라 새를 자유로이 드나들게 문을 열어놓는 것입니다. 새에게 모이만 주는 것이 아니라 스스로 모이를 찾아다닐 수 있게 자유를 주는 것입니다. 진정한 사랑은 상대를 구속하는 것이 아닙니다. 새장 안에 가두는 것이 아닙니다. 사랑은 상대를 내 안에 가두는 것이 아니라 내 안을 자유로이 드나들 수 있도록 나를 열어두는 것입니다. 우선은 내 마음을 열고, 그 안에 들어오면 내 마음의 뒷문을 열어 자유로이 나갈 수 있게 하는 겁니다. 내가 가둬두지 않아도 그가 나를 진정으로 사랑한다면 다시 내게 돌아오거나 기쁜 마음으로 내 안에 머물 것입니다.

새장 문을 열어도 새들이 모두 날아가지는 않습니다. 그곳이 정들었으면 다시 돌아옵니다. 믿음이 없으면 사랑이 아닙니다. 사랑은 믿고 맡겨두는 것입니다.

누군가를 사랑하고 있다면 그를 믿어야 합니다. 그리고 그를 구속하려

해선 안 됩니다. 그가 마음껏 노래할 수 있게 해줘야 합니다. 그가 날개를 마음껏 파닥이게 해줘야 합니다. 그래서 서로가 보다 넓은 세상을 배우고 이야기를 진지하게 주고받아야 합니다.

사랑은 동등한 관계입니다. 연민의 정이 아닙니다. 그래서 남녀 모두 자기 일을 가지고 평생을 산다는 독립적인 마음가짐이 필요합니다.

사랑은 마주봄으로 시작해 눈높이를 맞춘 다음 나란히 앉아 같은 방향을 바라보며 나가는 것입니다. 상대의 뒷모습이나 옆모습을 보려 하지 말고 앞만 보는 것입니다. 진정한 사랑은 상대의 모습이나 치부를 보는 것이 아니라 눈을 감고 그의 내면으로 들어가고 그가 내 속으로 들어와 영혼의 교감을 나누는 일입니다.

톡 건드리면 하늘이 깨질 듯이 맑은 아침입니다. 우리의 마음도 잡티 하나 없이 맑아졌으면 좋겠습니다. 자신에게 가장 어울리는 사람을 만나 나무가 잘 어우러진 숲 속을 거닐며 마음을 나누는 대화를 해보면 좋을 것 같습니다. ✻

070

하늘을 바라보며

그 많던 구름들이 어디로 숨어버렸는지 잡티 하나 없습니다.

하늘을 닮고 싶습니다. 누가 봐도 영롱한, 어디서 봐도 깨끗한, 앞도 뒤도 옆도 모두 깨끗한 하늘이 되었으면 좋겠습니다.

가을은 사색의 계절입니다. 사색은 나를 살찌우는 일입니다. 사색은 내가 나와 대화하는 일입니다. 요즘은 하늘을 자주 봅니다. 나도 이젠 어른이 되어가나 봅니다. 하늘을 쳐다보는 횟수가 늘어난다는 건 나이를 먹는다는 얘기입니다.

나라는 존재는 참 소중합니다. 나일 수 있는 건 이 세상에 나밖에 없으니까요. 내 삶을 대신 살아줄 사람도 없습니다. 괴로우나 슬프나 나의 삶이기에 나의 고통, 나의 슬픔, 나의 외로움은 소중합니다. 그런 아픔들은 나를 무미건조하지 않게 하고 긴장을 부여합니다.

늘 평온한 삶은 재미가 없습니다. 고통이 올 때 그 고통을 나의 것으로 삼으면 삶의 여유를 가져다줍니다.

하늘이 아주 맑습니다. 창문을 열고 먼 하늘을 바라보세요. 한결 마음의 여유가 생길 것입니다.

자신과 많은 이야기를 나누는 가을을 보냈으면 좋겠습니다. 투명한 가을하늘처럼, 잡티 같은 구름을 모두 밀어내고 본래의 자신으로 돌아간 가을하늘처럼 마음에 있는 오욕의 잡티들을 이 여름과 함께 날려버리고 완전한 백지 위에 인생을 새로 쓴다는 생각으로 자신을 점검하는 시간이 되었으면 좋겠습니다.

내가 보내야 할 것, 내가 버려야 할 것, 새로이 받아들여야 할 것, 새로 시작해야 할 것을 잘 판단하고, 어제는 모두 과거라는 기억 속에 묻어두고 오늘부터는 삶을 다시 썼으면 좋겠습니다. 성숙해지는 하루를 살았으면 좋겠습니다.✽

071
욕심

인간은 어차피 부조리한 존재이므로 어떠한 상황에서도 행복을 추구하며 살아야 합니다. 우리는 모두 행복할 자격이 있습니다. 하던 일이 안 된다고 절망하거나 포기해선 안 됩니다.

살다보면 이런저런 일을 겪게 마련입니다. 내게 안 되는 일은 더 좋은 일이 준비되어 있기 때문일 수도 있습니다. '인간사새옹지마人間事塞翁之馬'라고 합니다.

인간은 아주 잔인한 동물입니다. 다른 동물들은 배를 채우려고 자신보다 약한 짐승을 해칩니다. 그렇게 배를 채우고 나면 더 이상 약자를 해치지 않습니다.

그런데 인간은 한없이 욕심을 부립니다. 인간은 자신의 유한성을 인정하지 않으려 합니다. 더 많은 것을 가지려 합니다. 더 높아지려 합니다. 인간의 욕심에는 제동장치가 없습니다. 인간이란 동물은 욕심이 가장 많고, 가장 잔인하고, 가장 악랄하고, 가장 무서운 존재인 것 같습니다. 그나마 우리는 자신을 추스르고 생각하며 산다는 것이 다행스럽습니다. 오늘 아침 가로수를 흔들며 지나가는 바람이 제법 맑고 신선하게 느껴집니다.

이 가을, 모두에게 행복하고 기쁜 일만 있었으면 좋겠습니다. 바람은 말없이 불어가면서 아무것도 갖고 가지도, 남기고 가지도 않습니다. 우리의 삶도 마찬가지입니다. 이 세상에서 우리가 만나는 사람들과 우리가 갖고 있던 모든 것들은 우리도 떠날 때 그냥 두고 가는 것들입니다.

우리는 단지 임대해서 쓰면서 내 것인 양 욕심을 부리는 것인지도 모릅니다. 결국 아무것도 내 것은 없는데……. 내가 가질 수 있는 만큼만 가져야 합니다. 내가 할 수 있는 일만 해야 합니다. 내가 차지할 수 있는 넓이만큼만 내 영역, 내 일이라 생각해야 합니다. 그러면 욕심도 줄어들고, 고민도 줄어들고, 마음도 가벼워집니다.

따뜻한 커피 한 잔을 앞에 두고 내 앞에 놓인 내 영역의 금을 어디까지 그을까 생각하는 하루였으면 좋겠습니다. 커피잔에서 오르는 김이 사라져도 맛은 남아 있듯, 날아가는 것에 대해 아쉬워하지 말았으면 좋겠습니다. 갈 것은 가고, 올 것은 더 예쁘게 우리에게 달려올 겁니다.

좋은 느낌으로 옆사람을 한번 그윽하게 바라보며 정을 보내는 하루였으면 좋겠습니다.

삶, 그리고 행복

사랑이 너무 없는 세상입니다. 정이 없는, 진정한 삶이 없는 세상인 것 같습니다. 속내 이야기, 내면의 교감을 나누지 못하고 서로가 불신하고 의심하는 세상입니다.

우리만이라도, 제발 우리만이라도 진실해졌으면 좋겠습니다. 얼굴을 벗고 마음으로 대했으면 좋겠습니다.

진정한 사랑은 새에게 모이를 주는 것이 아닙니다. 그 새가 모이를 찾도록 가르치는 것입니다. 진정한 사랑은 강가로 아이를 데려가는 것이 아니라 물고기 낚는 법을 가르치는 일입니다.

우리 모두 진실을 가지고 더불어 사는 세상을 만들어갔으면 좋겠습니다. 내가 너의 것을 탐하지 않고 내가 가진 것을 나눠주고 싶은, 내가 먼저 그의 주인이 되어 군림하는 것이 아니라 내가 먼저 그의 종이 되는 나눔과 섬김의 마음을 갖는 삶이 되었으면 좋겠습니다.

습관은 제2의 천성이라고 합니다. 바른 습관, 좋은 습관을 억지로라도 가져봤으면 좋겠습니다.

내가 나를 세뇌시켜 제대로의 나를 만들어가 내년 이맘때는 괜찮은 날들을 보냈다는 아름다운 고백이 나왔으면 좋겠습니다. 누가 나에게 행복, 기쁨을 만들어주기를 기다리기보다 내가 먼저 그에게 행복을 만들어주고 그 행복을 보너스로 받는 삶이 되시길 바랍니다.*

진정한 결혼

사람과 사람이 아무런 의미도 없이 만나 정들고 사랑을 하게 됩니다. 그리고 가까워지면 함께 잠들고 함께 눈뜨는 아침을 맞기 위해 결혼을 합니다.

그렇게도 원했던, 그렇게도 함께 하고 싶었던 날들인데 왜 결혼하고 나면 싸움이 시작되는지 모르겠습니다. 평생 싸울 일이라곤 없을 듯한데, 결혼하고 나면 싸움이 시작됩니다.

장점이었던 그의 모습, 행동들이 단점으로 보이고 다소곳한 행동들이 흐트러집니다. 결혼은 연애의 연장선이어야 하는데, 연애의 단절 같습니다.

사랑이란 늘 새롭고 깊이 있는 뭔가를 찾아내는 일입니다. 진정한 결혼이란 연애의 끝이 아니라 시작이어야 합니다.

결혼과 동시에 동반자 관계에서 경쟁자로 바뀌어 싸움을 시작해선 안 됩니다. 서로가 서로를 자신의 소유물로 착각하고, 지배하고 구속하려 해선 안 됩니다.

서로는 서로를 인정하고 존중해야 합니다. 서로는 독립적인 인격체입니다. 상대가 나의 종이기를 원하면 먼저 내가 그의 종이 되어야 합니다.

아주 사소한 일로 사람들은 다투고 헤어집니다. 내가 먼저 '미안해'라고 말합니다. 내가 먼저 '고마워'라고 말합니다. 내가 먼저 그런 마음을 가져야 합니다. 그런 사람이 훌륭한 인격을 가진 사람입니다. 그럴 만큼 인격이 성숙되지 않았다면 아직 결혼하기에 이른지도 모릅니다. 진정한 결혼은 둘이 만나 함께 좋은 길로 가는 것이지 누가 끌고 끌려가고, 미움과 싸움의 길로 가는 것이 아닙니다. 우리의 일생을 담보 잡힌다는 건 너무나 무의미합니다.

나의 삶이 소중한 만큼 상대의 삶을 소중하게 가꿔주려는 노력이 있어야 아름다운 가정을 이룰 수 있습니다.

사랑은 독립된 인격체와 인격체의 만남입니다. 어떻게 만났든 어디서 만났든 똑같이 하나에서 출발하는 동등한 관계입니다. 사랑은 업고, 업혀서 가는 것이 아니라 어깨동무를 하거나 손을 맞잡고 가는 일입니다. 서로에게 기대기보다 내가 그에게서 바라는 일을 내가 먼저 해주는 일입니다.

사소한, 별것 아닌 일로 주도권을 잡으려는 생각보다 내가 먼저 그에게 양보하고 져줘야 합니다. 부부관계, 연인관계에서 져주는 대신 그 틀에서 벗어나 세상을 멋지게 이겨야 합니다. 가정에서 지고 세상을 이기는 당신은 멋쟁이 중에 멋쟁이입니다.

가정에 기쁨의 꽃이 피게 하는 일은 마음먹기에 달려 있습니다. 오늘 하루라도 내가 져주고, 완전히 그의 종이 되어도 기쁨의 마음을 가졌으면 좋겠습니다. *

074

칭찬과 아첨

내가 초등학교 2학년 때의 일입니다. 선생님이 동시를 쓰라고 했습니다. 난 요령을 피웠습니다. 〈소년중앙일보〉에 실린 「선생님」이란 시를 베꼈는데, 전교 최우수 시로 뽑힌 것입니다. 그런데도 나는 양심의 가책도 없었습니다. 학급마다 내 시가, 아니 남의 시가 내 이름으로 붙여졌고 난 영웅이 되었습니다. 칭찬도 얼마나 들었던지, 그리곤 나는 동시 반에 차출되어 시인이 되는 수업을 받게 되었고, 이렇게 시인이 되었습니다. 칭찬이란 것이 이래서 좋은 것입니다. 자녀들에게, 아는 사람들에게 칭찬을 많이 해주는 것이 좋습니다. 칭찬 한마디로 그 사람의 인생이 바뀐다면 이보다 더 위대한 일이 어디 있겠습니까.

사람들과 좋은 관계를 유지하려면 여럿이 있을 땐 그의 장점을 말해주고 단둘이 있을 땐 진정한 사랑으로 단점을 이야기해줘야 합니다. 애정 어린 충고를 받아들이지 않는 사람은 사귀지 않는 게 낫습니다.

진정한 만남은 마음의 나눔이어야지 물질이나 피상적인 나눔이어선 안 됩니다.

진정 사랑하는 마음이 있다면 칭찬을 많이 해줘야 합니다. 칭찬은 다른 사람의 장점을 찾아내어 격려해주는 말입니다. 칭찬은 나보다 못한 사람에게도 할 수 있는 아름다운 말입니다. 칭찬은 상대에게 힘이 되어주며, 대가를 바라지 않습니다.

반면 칭찬의 닮은꼴인 아첨이 있습니다. 아첨은 칭찬의 비약으로, 꼴사나운 비열한 말입니다. 아첨은 나보다 나은, 강한 사람에게 하는 비열한 언어입니다. 아첨은 그를 우쭐하게 만들어 쓰러뜨리는 말입니다. 아첨은 대가를 바라는 계산이 숨어 있는 말입니다.

진정한 칭찬은 그에게 긍정적인 자의식을 갖게 하고 삶을 살아가는 데 자신감을 갖게 하는, 아주 유용하고 아름다운 말입니다.

오늘은 아첨하지 않고 누군가를 비난하지 않고, 칭찬할 것이 무엇이 있는지 주변 사람들의 장점을 하나씩이라도 찾아내어 칭찬해주었으면 좋겠습니다. *

075
긍정적인 삶

삶이 가끔 우리 뜻대로 되지 않더라도 낙심하지 말고 다시 도전했으면 좋겠습니다. 세상에는 우리가 원치 않는 불편한 사람도 있지만 좋은 사람도 많다는 긍정적인 생각으로 세상을 포용하며 살았으면 좋겠습니다.

며칠째 계속되는 뉴스를 접하며 차츰 그 마음이 흐려져감을 느낍니다. 사람이 감정을 다스리는 데 있어 본능적으로 자기 자신을 감싸는 것에 익숙하기는 하지만, 워낙 자극적이고 끔찍한 일들을 숱하게 겪다보니 웬만한 것은 덤덤한 마음으로 지나치게 되나 봅니다.

'나만 이리도 불행할까?' 하며 평생을 살지도 모르지요. 종이를 뒤집어보는 것은 아주 쉽고 간단하지만, 그것을 모르고, 아니 생각조차 하지 못한 채로 일생을 마감할지도 모르고요. 작은 깨우침으로 큰 깨달음을 주시니 감사합니다.

맑은 하늘을 올려다보며, 새삼 아침을 추스릅니다. 어젯밤 늦은 귀가길에 탄천을 따라 쭈욱 걸었습니다. 바람결에 묻어오는 물 냄새를 들이마시며 발걸음 가볍게 걸었습니다. 그리곤 이 아침까지 참 기분이 맑습니다. 맑은 정신을 갖고도 다 하지 못하는 세상인데, 취한 상태로 위로 삼아 산다는 건 말도 안 되겠지요. 그래서 주신 글처럼 꼭 그렇게 살고 싶습니다.

―조경숙

76
세상을 이기는 길

세상 살기가 싫다는 사람들이 늘어나고 있습니다.

죽겠다는 각오로 차라리 살아보았으면 좋겠습니다. 사노라면 좋은 날, 기쁜 날도 꼭 있을 거라 믿으며 살았으면 좋겠습니다.

희망은 우리를 기쁨으로 살게 하는 마음의 씨알입니다. 명상이란 고요한 곳에서만 하는 것이 아닙니다. 인간의 다양한 삶 속에서 할 수 있는 일입니다.

인간은 인간 속에서 부대끼며 살아야 합니다. 구태여 인간의 테두리를 벗어나려는 것은 도피이며 비겁한 일입니다. 진정한 인간의 진실은 인간들과의 부대낌에 있습니다.

때로는 아파해야 합니다. 때로는 절망해야 합니다. 그러나 결국 인간은 그 모두를 극복할 힘이 있으므로 인간들 속에서 행복을 찾아야 합니다.

우리는 인간이기에 인간 속에서 살아야 합니다. 우리의 삶 속에서 인간의 본질적 모습을 찾아야 합니다. 사람들 속에서 문제를 발견하고, 사람들 속에서 문제를 해결해야 합니다. 사람들에게서 벗어나 문제를 해결하려 한다는 것은 어리석은 일입니다. 우리는 인간이므로 인간의 테두리에서 결코 벗어날 수 없습니다.

명상은 고요한 정적이 아닙니다. 나뭇잎의 일렁이는 물결처럼 살아 있는 것들의 발로입니다. 죽어 있는 것들이 살아 있는 것처럼 여겨질 때 우리는 삶의 진정한 기쁨을 느낍니다. 명상은 조용히 은둔자가 되어 세상을 등지고 살려는 것이어선 안 됩니다.

진정한 명상은 제대로의 정의를 가지고 세상을 살기 위한 용기의 씨알을 키우기 위한 침묵입니다. 침묵은 가장 강한 언어이기 때문입니다. 세상에 도움이 되지 않는 명상은 무의미합니다. 명상은 세상을 극복하기 위해 자기를 이기는 일입니다. 자신을 이기는 사람만이 세상을 이길 수 있습니다.

세상살이가 괴롭다고 세상을 등지는 것은 비겁한 짓입니다. 사람들 속에서 부딪치며 깨지며 극복하는 일이 곧 명상입니다. 인간은 어떠한 극한 상황도 이겨낼 수 있습니다. 자신을 멋지게 이긴 다음 세상을 이기기 위한 준비를 마치는 하루가 되었으면 좋겠습니다. ✳

이 세상에 존재하는 모든 것은 아무 의미가 없습니다.

하지만 내 눈길이 멎고 느낌이 합쳐지는 순간,

모든 것이 의미를 갖게 됩니다.

단지 우리가 의미없이 스칠 뿐입니다.

077

진정한 사랑 · 2

사랑은 노동이 아닙니다. 사랑은 영혼의 심연에서 벌어지는 축제입니다. 존재하는 것을 확인하는 기쁨입니다. 존재한다는 것을 느끼는 아름다운 향기입니다. 행복을 느낄 때, 이 세상의 모든 것이 나의 것이라고 느낄 때 사랑은 찾아옵니다.

기쁨 속에서, 넘치는 희열 속에서 사랑을 하게 되는 것입니다. 사랑이 넘칠 때 그 사랑을 남과 나눠가져야 합니다. 그래야 사랑은 커집니다. 혼자만 기쁨을 가지려 할 때 사랑은 멀어집니다. 욕심과 미움만 찾아듭니다.

진정으로 사랑하는 두 사람 사이의 기쁨은 육체적 기쁨을 넘어 영적인 기쁨으로 승화됩니다. 이 영적인 유희가 사라져버렸을 때 우리는 서로에게 의무적인 관계로 전락해버리고 사랑은 사라집니다.

두 사람이 사랑하건 이웃을 사랑하건 우리는 먼저 소유욕을 버려야 합니다. 사랑은 쟁취가 아닙니다. 내가 나이기를 포기하고 상대의 마음이 되어 상대의 속으로 들어가는 일입니다.

진정한 사랑은 존경할 만한 상대를 찾아, 그를 위해 자신의 이익을 포기하는 일입니다. 사랑은 사랑을 나누는 사람들이 마냥 즐겁기 위한 것이 아닙니다. 사랑은 서로 고통을 나누면서 그 고통을 함께 할 수 있음을 감사하는 일입니다. 고통을 나눌 수 있는 사람이 많지 않기 때문입니다.

* *

악惡을 위한 일에 동조하는 것은 진정한 사랑이 아닙니다.

사랑은 서로가 좋은 방향을 향해 나란히 걸어가는 일입니다.

진정한 사랑일수록 아픔은 더 크게 마련입니다.

예수는 우리에 대한 사랑이 너무 깊어서 고통을 당했습니다.

사랑은 고통이며 아픔입니다.

만나면 헤어져 있는 동안의 그리움을 아파합니다.

헤어져 있으면 보고픈 마음의 고통을 가집니다.

많이 아플수록 아름다운 사랑일지도 모릅니다.

하지만 사랑은 아름다운 아픔입니다.

아프고 괴로운 고통이라도, 그것을 넘어 다시 만나게 될 때 그 고통에 비해 짧은 순간이라도 고통은 봄눈 녹듯이 사라져버립니다.

진정 누군가를 사랑한다면 순간의 즐거움을 위해 달콤한 말을 해주기보다 지금은 괴로워도 그의 방향을 바로잡아줘야 합니다.

진정한 사랑은 순간을 지향하는 것이 아니라 보다 오랜 날들을 지향합니다.

이웃을 사랑하든 친구를 사랑하든 그 누군가를 사랑하든 좋은 길, 바른 길이 어딘지를 찾아 그 길로 함께 가는 일입니다.

오늘 하루 진정한 사랑을 실천해보았으면 좋겠습니다. *

078
평등한 존재

사람의 인격은 동등해야 합니다. 그런데 우리는 너무 차등을 갖습니다. 어떤 학자가 이런 주장을 했습니다.

조물주가 처음 사람을 빚었습니다. 그리곤 도가니에 넣고 사람을 구웠습니다. 익었거니 하고 꺼냈는데 설익어 백인이 되었습니다. 다시 사람을 빚어 구웠습니다. 그런데 이번엔 새카맣게 타버렸습니다. 그래서 그 사람은 흑인이 되었다고 합니다. 다시 빚어서 구웠는데 이번엔 알맞게 구워졌습니다. 그것이 바로 황인종이라고 합니다. 그래서 황인종이 제일 우성이라는 주장입니다.

하나님 앞에서 인간은 누구나 동등합니다. 그분은 우리 모두를 똑같이 창조하셨고, 똑같이 사랑하십니다. 그러므로 좀더 가졌다고 상대를 무시해선 안 됩니다. 좀더 배웠다고 상대를 얕잡아봐서도 안 됩니다. 내가 지식을 가졌으면 그는 경륜을 가지고 있습니다. 내가 글을 잘 쓰면 그는 말을 잘할 수 있습니다.

사람은 동일한 인격과 생명을 지닌 존재입니다. 단지 서로 다른 재능을 갖고 있을 뿐입니다. 그래서 우리는 누구를 무시해서도 안 되지만 누구에 대한 경외감을 가질 필요도 없습니다.

오늘 하루는 당당한 삶을 살았으면 좋겠습니다. 그리고 가장 불쌍해 보이는 누군가의 손을 따뜻한 정이 흐르는 마음으로 잡아보았으면 좋겠습니다.✽

079
사색

고요히 잠든 호수에는 바람도 숨죽여 붑니다. 그 호수에는 달이 하늘에 한 발 담그고 호수로 내려가 가만히 얼굴을 담그고 올려다봅니다. 호수는 조용히 명상에 잠깁니다. 가을 호수는 아름다운 사랑의 숨소리를 들려줍니다.

물 위를 스치며 한 줄기 바람이 불어옵니다. 거울 같은 수면이 조금씩 일그러지고 호수에 잠긴 달이 흔들립니다. 바람이 일기 전의 호수는 달빛으로 가득했지만 이제 달빛은 점점이 흐트러지려 하고 있습니다.

달빛은 아직도 호수 위에 쏟아지고 있지만 호수는 수천 개의 물결로 어지럽고, 수면은 은빛 비늘로 가득 차고, 물 밑에 잠긴 달 그림자는 서서히 호수를 빠져나갑니다.

이런 가을 호숫가로 밤여행을 떠나보고 싶습니다. 거울 같은 호수에 유년의 기억부터 미래에 펼쳐질 나의 모습을 비춰보고 싶습니다. 역시 가을은 사색의 계절인가 봅니다.

우리의 마음은 물결치는 호수와 같습니다. 진정 아름다운 사람의 마음은 바람 불지 않는 호수와 같습니다.

마음은 호수를, 바람은 욕망을 의미합니다. 욕망의 바람이 불어올 때 우리의 마음은 일그러지기 시작합니다. 욕망의 바람이 잔잔할 때 우리의 마음, 그 호수에는 깊은 휴식과 평화가 찾아듭니다. 우리의 마음을 잔잔한 호수처럼 평화롭게 만들고 싶습니다. 이를 위해 우리는 욕망을 버려야 합니다.

삶은 늘 바람 잘 날 없이 우리를 감쌉니다. 그 욕망의 바람에도 자기 자리를 잘 지키려면 사색을 많이 해야 합니다.

생각 없이 사는 사람들은 늘 망각 속에 살기 때문에 같은 실수를 되풀이합니다. 생각하며 사는 사람은 한 번의 실수로 족하고 다시는 같은 실수를 되풀이하지 않습니다.

우리가 울고 있는 순간에도, 우리가 기뻐하는 순간에도 시간은 똑같이 우리를 스쳐갑니다.

단지 기쁨의 순간들은 아주 빨리 달아나고, 슬픔의 순간들은 아주 천천히 지나가는 것처럼 보일 뿐입니다.

습관은 제2의 천성입니다. 이 가을, 가까운 호숫가에서 사색의 시간을 가졌으면 좋겠습니다. 그리고 아주 사소한 일 하나하나에서 행복을 발견하는 습관을 가졌으면 좋겠습니다.

080

지금 있는 그대로

* *

초현실주의라는 시파가 있습니다.

그런데 지금 세상에 사는 사람은 누구나 현실입니다. 초현실주의자들은 자신들이야말로 현실주의자라고 주장합니다.

이를 증명하기 위해 이들은 현실주의자들을 초대합니다. 그리고 커피를 대접합니다. 각설탕은 녹지 않는 재료로 만들었습니다. 스푼은 녹는 설탕으로 만들었습니다. 현실주의자들이 커피잔에 설탕을 넣습니다. 스푼으로 설탕을 젓습니다. 엉뚱하게도 스푼이 녹아버립니다. 각설탕은 그대로인데.

초현실주의자들이 말합니다.

'눈으로 보이는 현실이 진정한 현실이 아니며 실제의 현실은 다르다.'

우리가 영롱한 의식을 갖지 못할 때 사물은 있는 그대로 보이지 않습니다. 우리는 자신의 주관을 통해 사물을 보기 때문입니다.

한쪽 눈을 가리고 달을 보면 두 개로 보입니다. 두 개의 달을 보는 사람에게 달이 하나라고 이해시키기는 참으로 어렵습니다.

태어날 때부터 한쪽 눈이 불구인 사람은 언제나 사물을 두 개로 보게 됩니다. 온전한 사람은 사물을 한 개로 보지만, 그는 사물을 두 개로 보게 됩니다. 그러면서 그것을 진실로 받아들이게 됩니다.

우리는 자신의 주관 때문에 스스로 속고 있는지도 모릅니다. 우리는 실재하지도 않는 사물을 보게 됩니다. 우리가 지금 보고 있는 것이 실재가 아닐지도 모릅니다. 우리는 자신의 눈을 믿고 있지만 제대로 보지 못하고 있는지도 모릅니다.

우리는 이제 영롱한 이성을 되찾아야 합니다.

나와 네가, 우리가 하나로 보일 때 진정한 사랑의 경지에 이르게 됩니다. 보는 자와 보여지는 자가 둘이어선 사랑이 아닙니다.

오늘은 조용히 자신을 점검해보는 시간을 가졌으면 좋겠습니다. 내가 세상을 제대로 보고 있는지, 나 자신을 제대로 알고, 제대로 가고 있는지를 깊이 생각했으면 좋겠습니다.✱

081
의미 있는 삶이란

이 세상에 존재하는 모든 것은 아무 의미가 없습니다. 하지만 내 눈길이 멎고 느낌이 합쳐지는 순간, 모든 것이 의미를 갖게 됩니다.

이름 모를 풀 한 포기, 이슬 한 방울은 원래 아무런 의미가 없습니다. 그러나 의미를 부여하는 사람에겐 중요한 의미를 갖게 됩니다.

아주 사소한 것들이라도 의미를 부여하는 사람이 있는가 하면, 무심코 지나치는 사람이 있습니다.

긍정적인 삶을 사는 사람은 그 모든 것에 소중한 의미를 부여하며 삽니다. 반면 부정적인 삶을 사는 사람은 의미를 부여하는 대신 모든 것을 문제로 여깁니다.

이 세상에 존재하는 모든 것은 사람에 따라 의미를 가질 수도 있고, 문젯거리가 될 수도 있습니다.

이 세상의 모든 일은 문젯거리입니다. 단지 긍정적인 사람은 그 일들을 문제로 삼지 않을 뿐입니다. 이 세상의 모든 것은 나름대로 의미를 갖고 있습니다. 단지 우리가 의미없이 스칠 뿐입니다.

이 세상의 모든 것을 문젯거리로 보지 말고 의미를 부여할 때 우리는 삶의 진정한 의미를 깨닫게 됩니다.

긍정적인 눈으로 세상을 보았으면 좋겠습니다. 사물, 살아 있는 모든 존재들, 사람들, 그 모두를 소중하게 여기고 의미를 부여하며 모든 것에 애정을 갖는 삶이었으면 좋겠습니다.✽

082

나를 바꾸는 것들

****

내 휴대폰의 벨소리를 바꿨습니다.

이전엔 채은옥의 「빗물」이었습니다. 전화가 많이 오면 '오늘도 비가 많이 오는군'이라고 생각하며 혼자 웃기도 했습니다.

그런데 그제부터 「당신은 사랑받기 위해 태어난 사람, 아직도 그 사랑 받고 있지요」란 곡으로 바꿨습니다. 긍정적인 노랫말이라 왠지 주변 환경까지 긍정적으로 바뀌는 것 같습니다.

사람은 환경과 분위기에 따라 마음이 달라집니다. 따라서 우리의 주변 요소를 긍정적으로 바꿔야 합니다.

휴대폰 벨소리도 긍정적인 것으로, 개성 있게 바꿔야 합니다. 다른 사람과 비슷한 벨소리로 해놓으면 신경이 쓰일 수밖에 없습니다. 슬픈 노래만 들으면 자신도 모르게 그 분위기에 휩쓸리게 됩니다.

지금까지 칙칙하고 어두운 색깔의 옷을 즐겨 입었다면 밝고 화사한 옷을 즐겨 입어보세요. 지금까지 어두운 실내를 즐겨 찾았다면 자연의 공간을 찾아 나가보는 겁니다.

지금까지 부정적인 말만 해왔다면 긍정적인 말만 하려 노력하는 겁니다. 추한 말만 해왔다면 아름다운 말만 해보는 겁니다. 슬픈 노래를 부르지 말고 희망적인 노래만 부르는 겁니다. 주변 분위기를 밝고 화사하게 바꾸는 겁니다.

누군가 어떻게 지내느냐고 물으면 '행복해'라고 말합니다. '일이 잘 되고 있어'라고 말합니다. 행복하게 생각하는 사람은 더 행복해집니다. 잘 된다고 생각하면 더 잘됩니다. 긍정을 심으면 긍정의 열매가 열립니다.

누구나 잠재능력을 가지고 있습니다. 그 능력은 우리가 긍정적이며, 용기가 있을 때 나타납니다. 남들이 하면 나도 그 이상 할 수 있다는 확신을 갖는 겁니다.

한 번밖에 주어지지 않고, 연습이 없는 삶입니다. 이 소중한 삶을 내버려두지 않고 잘 가꿔가려면 자신있게 긍정적으로 살아야 합니다. 억지로라도 분위기를 만들어야 합니다.

오늘부터 분위기 하나하나, 사소한 습관 하나하나를 긍정적인 방향으로 바꿔보았으면 좋겠습니다. 하나의 습관으로 자리매김 되도록 되풀이했으면 좋겠습니다. 그러면 1개월, 그리고 6개월 후 행복해하고 밝아진 모습으로 미소지을 수 있습니다.*

083

혼자 가는 길

독수리는 새끼를 키울 때 제대로 날지 못하는 새끼들을 공중으로 데리고 올라갑니다. 그리고는 떨어뜨립니다. 새끼는 파닥거리며 추락합니다. 그러면 어미는 거의 지면에 닿기 전에야 새끼를 잡아줍니다. 이런 혹독한 훈련을 거쳐 훌륭한 독수리로 자라납니다.

우리에게도 이런 훈련이 필요합니다. 우리는 여러 형태로 교육과 훈련을 받습니다. 그러나 우리는 이미 성인이 되었습니다. 스스로 서야 합니다.

이 세상은 오로지 혼자 가는 길입니다. 누가 내 삶을 대신 살아주지도, 살아줄 수도 없습니다. 그만큼 우리는 자신과의 싸움에서 이겨야 합니다.

우리는 매일 사소한 결심을 합니다. 스스로에게 약속을 합니다. 그리곤 방치합니다. 자신에게 져버린 것입니다. 담배를 끊겠다고, 술을 끊겠다고 다짐합니다. 그리곤 스스로의 약속이니까 어깁니다.

자신에게 지는 사람은 일에도 지고 맙니다. 자신과의 싸움에서 이기는 사람이 되어야 남보다 나은 삶을 살 수 있습니다.

처음의 시작은 운명이었을지라도 이후의 삶은 우리가 선택하고 가꾸는 것입니다.

성공적인 삶의 기준은 부도, 권력도, 지식도 아닙니다. 자신을 얼마나 잘 이겨왔느냐 입니다. 나를 이기는 삶, 그것이야말로 성공적인 삶입니다. 그러므로 자신과의 약속을 소중히 여기며 살아야 합니다. 또 타인과의 약속도 꼭 지켜야 합니다.

약속을 잘 지키는 사람들이 사는 곳은 행복한 곳입니다. 법도, 제도도 사회적인 약속입니다. 그런데 그보다 더 중요한 약속은 자신과의 약속입니다.

나를 이기는 훈련을 시작했으면 좋겠습니다. 나를 이기면 내가, 가정이, 사회가, 나라가 제대로 돌아갑니다. 나만 잘하면 모두가 잘됩니다. '너 때문이야'에서 '네 덕분이야'라는 말로 남을 배려하며 자신에게 엄격해지는 하루를 살았으면 좋겠습니다.*

084

자기 관리

정신이 건강해야 육체가 건강하다고 합니다. 육체는 정신을 담는 그릇입니다. 그러므로 그릇에 담겨진 것이 병들지 않아야 육체도 건강합니다.

건강한 생각을 하며 살아야 합니다. 나는 행운아라고 여기며 살아야 합니다. 긍정적인 말만 골라하며 살아야 합니다. 사랑하는 마음으로 사람들을 봐야 합니다.

누구나 약간의 자폐증은 있습니다. 그 중에 실내에만 안주하려는 이들은 약간의 치료를 필요로 하는 정도의 증세일 수 있습니다. 실내보다 밖으로 나가 자연과 접해야 합니다.

마음을 열어야 사람들의 이야기와 접할 수 있습니다. 사람들 속에 진리가 있고, 진실이 있습니다. 사람을 벗어난 혼자만의 세계에는 편견과 아집만 있습니다.

진실로 속에 있는 이야기를 해야 상대도 자기 안에 있는 이야기를 내놓습니다. 가면을 벗고, 진실을 이야기하고, 진실로 사람을 대할 때 비로소 우리는 자폐증에서 벗어나 건강한 정신이 됩니다.

육체가 건강해야 정신이 건강해집니다. 몸이 안 좋으면 짜증나고 매사에 의욕을 잃게 됩니다. 건강했던 정신이 혼미해집니다.

건강은 자기 관리에서 시작됩니다. 하루 세 끼만 먹는 습관을 가져야 합니다. 먹은 음식을 소화시킨 다음 자야 합니다. 자기 기준보다 몸이 불

* *

어나면 걷기가 힘들어지고 숨이 찹니다. 매사가 귀찮고 의욕을 잃게 됩니다. 잠만 자고 싶어집니다. 그래서 악순환이 이어집니다.

그럴 땐 땀흘리는 운동을 해야 합니다. 땀을 흘리면 노폐물이 밖으로 빠져나갑니다. 피부도 고와지고, 일의 의욕이 생깁니다.

자신을 잘 관리해 몸과 마음이 건강해졌으면 좋겠습니다. 좋은 습관을 하나 만들고 그 습관을 잘 유지하는 시간이 되었으면 좋겠습니다.

정신적인 건강이나 행복은 누가 만들어주는 게 아니라 내가 만들어가는 거라고 생각하며 최선을 다했으면 좋겠습니다. 정신과 몸을 건강하게 만드는 작은 시작이라도 꼭 하는 오늘을 살았으면 합니다.✽

085

마음의 알맹이

말이 씨가 된다고 합니다. 언어는 정신의 산물입니다. 그러므로 말은 알게 모르게 우리를 지배합니다.

그래서 우리는 긍정적인 말을 써야 합니다. 그래서 우리는 감사의 말을 써야 합니다. 말은 은연중에 우리를 세뇌시키고 우리에게 암시를 줍니다. 그러므로 우리는 좋은 말, 긍정적인 말만 써야 합니다. 말의 원래 의미는 마음의 알맹이입니다. 그러므로 말은 마음의 반영입니다. 말 속에는 사람이 감추고자 하는 마음이 담겨 있습니다.

즐겨 사용하는 말 속에 그 사람의 마음 상태가 담겨 있습니다. 우리가 어떤 마음을 먹느냐에 따라 우리의 말이 결정됩니다.

말은 다른 사람에게도 영향을 미칩니다. 잘한 한마디가 다른 사람에게 삶의 용기를 주고 기쁨을 줍니다. 반면 잘 못한 한마디는 다른 사람을 죽게 하거나 절망에 빠뜨립니다.

'죽겠다', '힘들다', '난 안 돼', '난 왜 이러지', '난 구제불능이야'……. 오늘부터 이런 말을 쓰지 않았으면 좋겠습니다.

'잘되고 있어', '고마운 일이야', '자신있어', '사랑해', '행복해', '기뻐'…….

이런 말만 골라 썼으면 좋겠습니다. 나를 아름답고, 맑고, 괜찮은 사람으로 세뇌시키는 소중한 순간들이 되었으면 좋겠습니다.*

086

살다 보면

* *

약간의 슬픔과 약간의 고통이 있어야 긴장되고 알찬 삶을 살아가는 게 아닐까 생각합니다.

살다보면 무척이나 행복한 시간들이 있습니다. 그럴 때면 이 행복이 어느 날 사라지고 아픔의 날이 오지 않을까 걱정하게 됩니다. 살다보면 지지리도 안 풀리는 날이 있습니다. 그럴 때면 삶을 포기해버리고 싶기도 합니다.

사람들 사이에서의 삶은 만만치 않습니다. 개개인의 성격이 모두 다르기 때문입니다. 하지만 내가 그들에게 어떤 의미의 사람으로 찾아가느냐에 따라 그들도 내게 그 얼굴로 다가옵니다.

내가 먼저 그에게 좋은 사람이 되어야 합니다. 내가 먼저 그를 믿어줘야 합니다. 내가 먼저 그에게 마음을 열어줘야 합니다.

그런데도 그가 나를 배반하고 돌아선다면, '너는 내 삶에 있어 100만원의 손해를 입혔으니 나는 그 100만원을 버린다'고 생각하는 겁니다.

우리가 살아온 날보다 앞으로 살아갈 날이 더 많을지는 아무도 모릅니다. 그래서 한편으로 마음을 비워야 하고, 한편으로 미래를 염두에 두고 살아야 합니다.

어쨌든 한 날, 한 날을 소중히 여기고 사랑하며 살아야 합니다. 삶의 시작을 알 수 없듯, 삶의 끝 또한 알 수 없습니다.

혼자 살아가기엔 너무나 삭막한 세상입니다. 서로를 믿고 의지하며 더불어 살아야 합니다. 내가 조금 손해를 보면 모두가 좋아집니다.
남을 진정으로 용서한다는 것이 얼마나 어려운지, 얼마나 용기를 필요로 하는지 모릅니다. 그리고 진정으로 용서할 때 얼마나 자신이 대견하고 기쁜지를 맛보며 오늘을 살았으면 좋겠습니다.*

고통을 받아들이면

대부분의 작가들은 자신에게 엄격하면서 다른 이들에겐 관대해지려는 습성이 있습니다. 그래서 더 힘들어하고, 괴로워하고, 아파합니다. 그런 예민한 감정 덕분에 작가들은 글을 쓸 수 있습니다.

내가 고통을 자처하는 것도 그러한 감정들을 이겨내기 위한 자기 학대일 수 있습니다.

정신의 고통이 오면 육체의 고통으로 이어집니다. 육체가 고통스러우면 정신의 고통은 사라집니다. 그래서 우리는 운동을 하고, 땀흘리는 노동을 합니다.

정신의 고통은 그냥 해결되지 않습니다. 어떤 방식이든 그 고통을 극복해야 합니다. 정신의 고통은 육체의 고통으로 풀어야 합니다. 땀흘림의 고통보다 더 좋은 치료제는 없습니다.

육체의 고통은 정신의 고통으로 풀어야 합니다. 정신이 고통스러우면 육체의 고통 또한 느끼지 못합니다.

우리의 삶이 마냥 행복할 수는 없습니다. 기쁨은 항상 고통 뒤에 온다고 시인은 노래합니다. 좋은 일에는 항상 아픈 일이 따릅니다.

고통이 싫으면 기쁨을 가질 수 없습니다. 아픔이 싫으면 사랑을 할 수도 없습니다. 그래서 우리는 운명처럼 사랑을 합니다. 그래서 우리는 운명처럼 고통을 겪습니다. 고통마저 감미롭게 받아들이는 넉넉한 마음으로 하루를 살았으면 좋겠습니다.❋

088
마음 다스리기

중요한 것은 눈에 보이지 않는다고 어린 왕자는 말합니다.

사실 우리를 강하게 지배하는 것은 보이지 않습니다. 우리의 관계를 지배하는 것은 몸이 아니라 마음입니다.

어떻게 마음을 다스리느냐에 따라 우리의 삶은 기쁠 수도 있고, 슬플 수도 있습니다. 우리의 가족관계를, 우리 사이의 관계를 지배하는 보이지 않는 마음을 합리적이며 조화롭게 가꾸었으면 좋겠습니다.*

온몸으로 부딪쳐라

현재의 나와 미래의 나를 생각해보고 싶습니다. 주어진 문제가 있다면 그 문제부터 부딪쳐 해결해가는 시간이 되었으면 좋겠습니다.

내 문제는 내가 해결해야 합니다. 그 누가 대신하고 싶어도 할 수 없습니다. 그냥 묻어둔다고 저절로 해결되지도 않습니다.

문제를 놓고 긴장하며 마냥 기다리기보다 깨어지고 부서지더라도 부딪쳐보면 문제는 어떤 방식으로 해결됩니다. 기다림의 아픔보다 부딪쳐 해결하는 날이 되었으면 좋겠습니다.＊

문제 해결의 열쇠

삶, 그것은 우리가 한 번, 딱 한 번만 살게 되는, 살아야 하는 소중하면서도 서글픈 일인지도 모릅니다. 삶이란 아주 짧기도 하고, 길기도 합니다. 어떤 날은 무척이나 길지만 많은 이야기가 쌓이기도 합니다.

요즘 들어 죽음이나 소멸을 생각하며 삶의 허무를 느낄 때가 많습니다. 그런데도 미래가 어떻게 펼쳐질지 모르므로 살아봐야 합니다. 우리가 배운 많은 지식, 삶의 지혜, 지금 벌여놓고 있는 일들, 사랑, 고민, 슬픔 등이 지금은 현재진행형으로 흐르지만 일순간 내 생이 마감될 때는 어찌될지 모른다는 생각이 듭니다. 그때는 아찔한 현기증을 느끼게 됩니다.

카뮈는 '인간은 유한하다'라는 사실을 인정하고 순간순간 최선을 다하라'고 말했습니다.

우리에게는 최선을 다하는 수밖에 없습니다. 삶이 얼마나 주어졌는지는 우리가 상관할 바가 아닙니다.

우리는 순간순간 최선을 다하면 됩니다. 짧든 길든 한 번뿐인 삶이므로 가치 있고 소중하게 여기며 살아야 합니다. 그 삶이 이대로 정지된다는 건 너무 억울합니다. 그래서 우리는 사후의 세계를 동경합니다. 지금의 세계보다 아주 오랜 삶이 있으리라는 믿음 때문입니다. 그래서 종교가 필요한 것입니다.

****

처음부터 습관, 특히 좋은 습관을 만들어가기란 쉽지 않습니다. 그런데 억지로라도 그것이 습관이 되면 별로 어렵지 않습니다.

그리고 마음의 여유를 갖는 것이 좋습니다. 인간은 불완전한 존재임을 인정하고, 너무 완벽해지려고 하지 않아도 됩니다. 인간이니까 실수할 수 있다는 걸 인정해야 합니다. 무엇보다도 자기 콤플렉스를 버려야 합니다.

문제 속에 답이 있다고 합니다. 우리의 일상도 어딘가에 답이 있습니다. 일단 문제가 뭔지를 파악하고, 문제 해결의 우선순위를 정해야 합니다. 그리고 하나씩 나름대로 완벽하게 해결해나가는 것입니다.

하나를 완벽하게 처리하면 다음 일에 자신감이 생깁니다. 자기 나름의 틀을 만들어가는 것입니다. 일이든 무엇이든 그 틀이 형성되면 문제가 한층 더 쉬워집니다.

남이 하는 일이라면 나도 할 수 있다는 자신감을 가져야 합니다. .문제 앞에서 고민에 고민을 거듭하지 말고 문제 속으로 뛰어들어 부딪쳐보면 어떤 식으로든 해결됩니다. 물론 시행착오도 있을 수 있습니다. 그 시행착오에서 배우면, 더없이 값진 경험이 됩니다.*

당당한 아이로 키워라

어느 날 아침, 초등학교 6학년인 딸아이의 가슴이 볼록 나온 것을 우연히 보았습니다. 문득 자라나는 아이를 보니 이 아이가 우리 곁에서 떠날 시간이 가까워오는구나, 라는 생각이 들어 한편으로 쓸쓸합니다.

하지만 자식에게 의지하고 기대면 안 될 것 같습니다. 자식이란 자라는 과정에서 재롱을 떨어 우리를 즐겁게 해줍니다. 그 과정을 바라보는 것으로 만족해야 합니다. 그 이상의 보상을 바라는 것은 자식에 대한 집착입니다.

아이들의 자라는 과정만으로도 부부간의 위태로운 순간들을 넘기며 살았습니다. 부부간의 위태로운 관계를 복원시키고 유지시켜주며, 삶의 기쁨과 보람을 준 것으로 자식은 부모에게 충분한 보상을 한 셈입니다.

좀더 욕심이 있다면, 별탈 없이 성장해 당당하고 맑게 자신의 길을 가는 것입니다. 그 아이의 인생에서 결혼이나 일은 그 아이의 선택이며 그 아이의 몫으로 남겨둬야 합니다.

아이에 대한 집착이 강할 때 우리는 실망합니다. 아이가 내게 효도하기보다 자기 인생을 당당하게 책임질 줄 알게 되기를 바랍니다.

진정 아이들에게 좋은 친구로 기억되는 어른다운 어른이 되었으면 좋겠습니다. 오늘은 내가 부모로서 잘하고 있는지를 생각해보는 날이 되었으면 좋겠습니다.*

당신이 내게 준 것들

****

주여!
당신은 나에게 사랑의 마음을 주었습니다.
그러나 나는 미워하는 마음만 남았습니다.

당신은 나에게 아름다운 언어를 주셨습니다.
그런데 나는 추한 언어만 골라 말합니다.

당신은 나에게 사람과의 아름다운 만남을 주셨습니다.
그러나 나는 그 만남을 추하게 만들고 깨뜨리고 있습니다.

당신은 나에게 좋은 사람들을 보내주셨습니다.
그런데 나는 그들을 멀리하고 담을 쌓고 삽니다.

당신은 나에게 긍정적인 마음을 주셨습니다.
그러나 나는 늘 부정적인 생각으로 삽니다.

당신은 나에게 아름다운 소망을 주셨습니다.
그러나 나는 그 소망을 이루지 못하고 절망하고 있습니다.

* *

당신은 나에게 진실한 믿음을 주셨습니다.
그러나 나는 마음을 걸어 닫는 불신만 가졌습니다.

당신은 나에게 운명을 선택할 자유를 주셨습니다.
그러나 나는 운명에 끌려다니고 있습니다.

당신은 나에게 지혜로움을 가르쳐주셨습니다.
그러나 나는 늘 어리석은 일만 골라하고 있습니다.

당신은 나에게 사람들과의 조화로움을 주셨습니다.
그러나 나는 늘 사람들 사이에서 분쟁만 일으킵니다.

당신은 나에게 총명하게 세상을 보는 눈을 주셨습니다.
그러나 나는 늘 세상을 희미하게 보며 살았습니다.

진정 내가 내 삶의 주인공이 되어 내게 주어진 순간들을 아름답고 소중
하게 엮어가는 날들이 되었으면 좋겠습니다.*

093

별 보는 밤에

* *

어젯밤에 집으로 돌아오다가 문득 하늘을 보았습니다.

조금은 차가워 보이는, 유난히 푸른 하늘에서 맑고 푸른 별들이 아름답게 반짝이고 있었습니다. 별은 언제 봐도 정겹고 아름다워 보입니다.

왜 그럴까요?

어쩌면 우리가 닿을 수 없는 곳에 달려 있기 때문일지도 모르겠습니다.

이처럼 가질 수 없는 것이 좋고, 예뻐 보이고, 아름다워 보입니다.

진열장에 놓인 물건들은 참 갖고 싶어집니다. 그런데 막상 갖고 나면 이내 시들해집니다. 우리의 삶도 그런 것이 아닌가 합니다.

갖고 싶은 것, 하고 싶은 일, 가고 싶은 곳이 너무도 많습니다. 그런데 막상 갖고 나면 그저 그렇습니다. 하고 싶은 일을 하고 나면 그저 그렇습니다. 가고 싶은 곳을 가도 그저 그렇습니다. 보통의, 일상적인 것과 별다를 게 없습니다. 하지만 하고 싶은 일에 가기 전까지는 아름답습니다.

우리는 갖고 싶은 것을 다 가질 수 없습니다. 가고 싶은 곳을 다 가볼 수 없습니다. 해보고 싶은 일을 다 할 수 없습니다. 우리는 그런 것들을 꿈이라고 합니다. 꿈은 이루어질 수 없기에 아름답습니다.

가질 수 있는 것만 바라고, 할 수 있는 일만 하려 해서 행복해지는 하루였으면 좋겠습니다.

* *

꿈은 꿈대로 남겨놓고, 그 꿈을 바라보며 지금보다 나은 내일을 향해 맑은 마음으로 이 가을을 시작했으면 좋겠습니다.
보통의 것, 일상적인 것을 특별한 것으로 의미를 부여하면서 작고 사소한 것들을 특별한 것으로 만들 줄 아는, 삶의 지혜를 배우는 날들이었으면 좋겠습니다.*

094

자연이 주는 지혜

가을은 높은 곳에서 시작되어 낮은 곳으로 내려옵니다.

도봉산 자운봉 정상에 단풍들이 아주 곱게 옷을 갈아입고 있습니다.

나무들은 이미 봄부터 가을을 준비하고 있었습니다. 때에 따라 적당한 색깔을 고르고, 때에 맞게 적당한 크기의 이파리와 어울리는 모양을 가진 자신의 것을 만들어옵니다.

늘 준비하며 사는 삶이 아름답다는 것을 말 못하는 식물들이 가르쳐주고 있습니다. 적당히 자신을 감출 줄 아는 지혜를, 적당히 자기 모습을 보여주는 지혜를, 적당히 때에 맞게 버릴 줄 아는 지혜를 가르쳐주고 있는 것입니다.

우리는 가질 수 있는 한 많은 것을 갖고 또 가지려 합니다. 그러한 욕심 때문에 내가 괴롭고 남이 괴롭고 싸움이, 분쟁이, 전쟁이 일어납니다.

때에 맞는 웃음은 아름답습니다. 때에 맞지 않는 웃음은 남의 분노를 불러일으킵니다. 때에 맞는 노래는 즐겁습니다. 때를 거스르는 노래는 남을 슬프게 합니다.

때에 맞는 모든 언어, 때에 맞는 모든 행동, 때에 맞는 모든 일은 아름답습니다.

산은 나무와 풀과 대지와 바위가 어울려 있어 아름답습니다. 서로 다른 것들이 한데 모여 숲이 됩니다. 우리가 사는 세상도 다양한 사람들이 모

* *

여 있습니다. 서로 다른 것들이 적당한 조화를 이룰 때 아름답습니다. 때에 맞게 취하고, 때에 맞게 나의 것을 버릴 줄 알고, 때에 맞게 말하고 행동하는 지혜를 배우는 하루였으면 좋겠습니다.

겨울을 준비하는 나무들은 평안한 날들을 위해, 지금보다 더 나은 새봄을 위해 고운 색을 고릅니다. 그리고 그 색을 퇴색시키고 하나씩 떠나보내기 시작합니다. 나에게서 시작되어 나에게서 자라난 잎새들을 떠나보냅니다.

그 나무들처럼 때에 맞는 적당함으로 늘 푸름과 고운 모습을 보이며 한 생을 살고, 한 생을 죽으며, 적당히 나의 것을 버릴 줄 아는 지혜를 배웠으면 좋겠습니다.

그 풀들처럼 나의 모든 것이 죽을지라도 나의 뿌리를 살리고, 나의 씨앗만이라도 남겨 새롭게 태어나 한 삶을 시작하는 지혜를 배웠으면 좋겠습니다.

내 것이라도, 나의 정든 것이라도 때가 되면 보내야 한다는 순리와 때가 되면 떠나야, 그래서 내가 아니면 안 된다는 오만과 오욕을 벗고 겸손과 진실을 사랑하는 삶이었으면 좋겠습니다.

적절히 행복해하며 삶을 사랑하는 지혜를 만들어가는 하루의 시작이 되었으면 좋겠습니다.

때에 잘 어울리는 모든 것은 아름답습니다. *

095

도전하는 하루

무엇이든 도전해봐야 알 수 있습니다. 그래서 도전은 아름답습니다.

사과나무 아래서 사과가 떨어지기를 기다리는 시대는 갔습니다. 저절로 떨어지는 사과는 이미 맛이 가기 시작한 것입니다. 지금은 사과나무 위로 올라가 싱싱하고 잘 익은 사과를 따야 하는 시대입니다.

도전 없이 기다리는 사람은 미래라는 대오에서 벗어난 존재로 전락하는 셈입니다. 지금은 적극적인 사람들의 시대입니다. 도전하는 사람들의 시대입니다. 도전하는 사람이 성공합니다. 도전하는 사람이 사랑받을 수 있습니다.

도전은 씨앗을 심는 것과 같습니다. 아무것도 심지 않고 가꾸지 않으면 그 어떤 것도 얻을 수 없습니다.

심는 대로 거둡니다. 지금 하지 않으면, 하고 싶은 일을 당장 시작하지 않으면 영영 그 일을 할 수 있는 기회가 없어질지도 모릅니다.

작지만 구체적인 도전을 시작하는 하루였으면 좋겠습니다. 패기 없는 마음을 벗어버리고 보다 아름다운 미래를 위해 좋은 습관을 만들었으면 좋겠습니다.

구태에 빠져 좋지 못한 습관이 되풀이되면 미래에 행복과 꿈을 가질 수 없습니다. 간절히, 아주 간절히 원하는 사람이라야 꿈을 현실로 만들 수 있습니다.

* *

요원한 꿈으로만 느꼈던 희망사항을 현실로 만들어내고, 또다시 더 아름다운 꿈을 계획하며 살았으면 좋겠습니다. 오늘은 내가 고쳐야 할 나쁜 습관들 중 하나라도 고치기 시작하는 하루가 되었으면 좋겠습니다. 주어진 삶의 숙제들 중 하나라도 깨끗이 마무리하는 날들이 모여 진정 보람된 일생을 보낼 수 있습니다.*

한글날에 부쳐

우리의 정신세계를 지배하고 있는 것은 언어입니다. 그 나라의 언어는 그 나라의 혼魂과 같습니다. 그래서 우리는 우리의 말과 글을 사랑해야 합니다.

우리가 일제 36년의 압제에서 벗어날 수 있었던 것도 우리의 말과 글이 있었기에 가능했습니다.

그 어느 국경일보다 더 값진 날인데도 무식한 이들이, 아니 글 좀 쓴다는 분이 문화부장관으로 있을 때 국경일에서 제외하고 말았으니, 이 얼마나 한심한 일입니까.

우리 모두 한글, 즉 나랏말을 가졌다는 자긍심을 갖고 한글에 대한 지대한 관심과 함께 '한글 바로 쓰기' 운동을 펼쳐가야 합니다.

알퐁스 도데는 이렇게 말했습니다.

'어떤 국민이 노예로 떨어질 때 자기 나라의 언어를 잘 간직하고 있는 한, 마치 자신의 감옥의 열쇠를 쥐고 있는 것과 같으며…….'*

097
아름다운 사람

'사람이 꽃보다 아름다워'라는 노래 가사가 있습니다. 그렇게 사람을 보며 살고 싶습니다.

사람은 어떻게 보느냐에 따라 아름답게 보이기도 하고, 추하고 치사하게 보이기도 합니다.

모습은 추하기 이를 데 없는데, 마음이 아주 고운 이가 있습니다. 마치 노틀담의 꼽추처럼. 반면 모습도, 미소도 아름다운데 우리의 마음을 할퀴고 달아나는 사람이 있습니다.

우리는 사람을 대할 때 피상적인 모습을 보고 평가합니다. 하지만 우리에게 중요한 것은 겉모습이 아니라 그 속에 감춰져 있는 마음입니다. 아름다운 것은 보이지 않기 때문입니다.

사람은 아름답습니다. 그리고 내가 사람을 아름답다고 생각하면 나는 이미 아름다운 사람입니다.

이 세상에 존재하는 모든 아름다운 것과 내가 사랑하는 사람을 바꿀 수는 없습니다. 수만 송이의 아름다운 장미와 사랑하는 한 사람을 바꿀 수는 없습니다. 그러므로 사람은 가장 아름다운 피조물입니다.

우리는 아름다운 존재로 이 세상에 왔습니다. 아름다운 모습 속에 아름다운 생각, 아름다운 마음, 남을 배려하는 마음, 예쁘고, 착하고, 아름다운 것들로만 채워야 예쁜 그릇이 됩니다. 나쁘고, 악하고, 추하고, 간악

* *

한 것들로 우리의 마음을 채운다면 겉모습만 그럴듯한 쓰레기통에 불과합니다.

그릇이 아름답다고 아름다운 사람이 아닙니다. 그릇이 추하다고 추한 사람이 아닙니다. 마음이 아름다운 사람이 진정 아름다운 사람입니다.

마음이 아름다운 사람, 그가 꽃보다 아름다운 사람입니다.

오늘 단 한 번만이라도 누군가에게 아름다운 사람으로 비쳐졌으면 좋겠습니다.*

098
믿음에 대하여

서로간에 신뢰가 부족한 시대입니다. 내가 너를 못 믿고, 네가 나를 못 믿는 불신이 팽배합니다.

그 신뢰 때문에 우리는 서로를 오해해 헤어지고 아파합니다. 그러고 나서 그 진실을 알고 후회할 때는 이미 서로의 거리가 멀어져 있습니다.

자식과 부모, 남편과 아내, 친구간에도 신뢰가 최우선입니다.

서로가 믿고 신뢰하려면 시종일관 같은 모습을 보여줘야 합니다. 그래서 네가 나를 예측할 수 있고, 내가 너를 예측할 수 있어야 합니다.

물론 늘 같은 모습, 늘 같은 행동, 늘 같은 말투는 변화가 없어서 재미없어 보입니다. 하지만 우리에게 가장 중요하고 아름다운 건 서로가 믿고 의지하며 살아가는 일입니다.

믿음이 있는 직장은 근무하고 싶은 곳입니다. 믿음이 있는 가정에는 평화가 깃들입니다. 믿을 수 있는 정부가 있는 나라는 살 만한 나라입니다.

신뢰, 그것은 시종일관에서 생깁니다. 누구에게나 믿을 수 있는 사람으로 기억되는 삶이었으면 좋겠습니다.

한번 깨어진 신뢰는 다시 회복하기 어렵습니다. 순간을 모면하기 위해 신뢰를 깨뜨리지 않고 조금은 아프고 힘들더라도 늘 신뢰받을 수 있도록 진솔하고, 솔직하고, 성실한 삶을 다지는 날이 되었으면 좋겠습니다.*

099

성공이라는 선물

낙천주의자는 도넛을 보고, 비관주의자는 도넛의 구멍을 본다.

두 사람이 같은 창을 통해 내다본다. 그러나 한 사람은 진흙탕을 내려다보고, 다른 한 사람은 별을 올려다본다.

—『따뜻한 영혼을 위한 101가지 이야기』

삶은 어떤 생각으로 보느냐에 따라 달라집니다. 삶을 긍정적으로 보며 사는 사람은 세상의 좋은 면만 보려 애씁니다. 그래서 그의 미래는 지금보다 나을 수 있습니다. 반면 삶을 부정적으로 보는 사람의 미래는 암울할 수밖에 없습니다. 시행착오만 계속 답습할 뿐입니다.

긍정적으로 사는 사람은 매사에 적극적이기 때문에 미래지향적으로 움직입니다. 그래서 보다 나은 내일을 맞을 수 있습니다.

부정적으로 사는 사람은 매사에 소극적이기 때문에 과거지향적입니다. 과거의 실패만 생각하므로 늘 시행착오만 겪게 됩니다.

긍정 속에는 꿈이 있습니다. 긍정 속에는 사랑이 있습니다. 긍정 속에는 건설적인 일이 기다리고 있습니다. 그래서 긍정 속에는 성공이라는 선물이 있습니다.

부정 속에는 아픈 과거만 있습니다. 부정 속에는 미움이 있습니다. 부정 속에는 의기소침이 있습니다. 그래서 부정 속에는 좌절이라는 벌칙만 있습니다.

긍정적인 사람은 자신의 좋지 않은 관행들을 좋은 습관으로 바꿀 줄 압니다. 그는 희망을 만들고 웃음을 만들며 삽니다.

부정적인 사람은 자신의 좋지 않은 습관을 고쳐야 하는 줄 알면서도 하루하루 그 습관을 답습합니다. 그는 절망과 슬픔을 만들며 살 뿐입니다.

긍정적인 사고를 가진 사람이 되어 아름다운 꿈을 바라보며 미래를 나의 것으로 만들었으면 좋겠습니다.

좋지 않은 나의 관행들을, 그 나쁜 습관들을 지금부터 좋은 습관으로, 효율적인 삶의 태도로 바꿨으면 좋겠습니다.*

100

우리가 바라는 행복

* *

2.25g의 칼슘, 550g의 인산염, 252g의 칼륨, 168g의 나트륨, 28g의 마그네슘, 철, 동으로 이루어져 있음. 체중 중 산소 65%, 수소 18%, 탄소 10%, 질소 3%, 가격으로 따지면 1달러가 안 됨.

우리 몸의 분석 및 평가서입니다.

우리 몸은 이 정도의 가치밖에 안 됩니다. 그런데도 우리가 소중한 존재인 것은 보이지 않는 사고와 영혼이 있기 때문입니다.

프랭크 로이드 라이트는 이렇게 말했습니다.

'인생은 살면 살수록 아름다워진다.'

그런데 살아갈수록 아름다워진다는 것이 저절로 되지는 않습니다.

우리가 어떻게 우리의 삶을 설계하고 가꾸느냐에 달려 있습니다. 우리에게 보다 중요한 것은 자신의 문제입니다. 성공적인 삶을 사는 사람은 자신을 믿는 사람입니다. 결국 우리의 삶은 자기 자신을 어떻게 믿고 있느냐에 달려 있습니다.

제대로 사는 사람의 삶은 살수록 아름다워지고 마음이 풍요로워집니다.

반면 패배주의에 빠져 '난 역시 안 돼'라며 사는 사람은 살아갈수록 초라해지고 추해집니다. 우리에게 중요한 것은 지금의 문제입니다.

과거에 어떠했든 지금 어떻게 사느냐가 중요합니다. 과거는 이미 우리의 것이 아닙니다. 지금 시작하면 됩니다. 부정을 긍정으로 바꿉니다. 게으름을 부지런함으로 바꿉니다. 불성실을 성실함으로 바꿉니다. 나쁜 습관을 좋은 습관으로 바꿉니다.

우리 모두, 이 글을 읽는 모든 분들의 삶이 살수록 아름다웠으면 좋겠습니다. 매일매일 행복했으면 좋겠습니다.

너무 큰 것을 바라지 않고 일상의 아주 사소한 일에서 자그만 행복을 느끼며 살았으면 좋겠습니다.

이 세상은 내가 생각하는 대로, 그만큼 아름다워지고 살 만한 세상으로 다가온다고 믿으며 살았으면 좋겠습니다.*

우편엽서

보내는 사람

우편요금
수취인 후납부담

발송유효기간
2002.3.15~2004.3.14

서울 마포 우체국
제969호

들녘 들녘미디어 그림같은 세상 독자관리팀 귀중

서울특별시 마포구 합정동 366-2 삼주빌딩 3층
전화 : 편집부) 323-7366 마케팅) 337-0296
팩스 : 편집부) 323-8950 마케팅) 338-9640
www.ddd21.co.kr

1 2 1 - 8 8 4

애독자 카드

저희 책을 읽어주셔서 감사합니다. 보내주신 의견은 더 좋은 책을 만드는 데 귀중한 자료로 활용됩니다.
들녘 홈페이지(www.ddd21.co.kr)에서 회원등록을 하시면 신간안내 서비스, 마일리지 적립 등 많은 혜택을 드립니다.

- 성명 :
- 남/여 :
- 직업 :
- 생년월일 :
- 전화 :
- 주소 :
- e-mail :
- 구독신문/잡지 :

- 구입 도서명 :

- **이 책을 구입한 동기**
  주위 권유 / 광고 / 기사서평 / 제목 · 표지 · 내용을 보고 / 인터넷 / 기타

- **이 책에 대한 나의 평가**
  내용 ☆☆☆☆☆　　　디자인 ☆☆☆☆☆

- **들녘에 전하고 싶은 말**